PLASTIC HEART

S. H. ROXX

© S. H. Roxx, 1. Auflage 2021, Österreich

Umschlaggestaltung: Nina Hirschlehner, https://nh-buchdesign.com/

Korrektorat: S. Hußmann

Herstellung und Verlag: BoD – Books on Demand, Norderstedt

ISBN: 978-3-754-31732-7

Sämtliche Personen und Handlungen dieser Geschichte sind frei erfunden. Jede Ähnlichkeit mit real existierenden oder verstorbenen Personen, Orten oder Ereignissen ist rein zufällig.

Kontakt: www.shroxx.com; shroxx.autor@gmail.com

Um den Kopf frei zu bekommen, miete ich ein kleines Häuschen im Wald eines abgelegenen Dorfes. Die Entfernung zu meinem Zuhause und die Abgeschiedenheit sollen dafür sorgen, dass ich Zeit für mich und die nötige Ruhe habe, um an meinem nächsten Buch zu arbeiten. Doch stattdessen sorgt mein einziger Nachbar für ständige Ablenkung und Unruhe.

Er ist rau, verschlossen und ungehobelt, und von Geheimnissen umwoben, die mich magnetisch anziehen. Vermutlich sollte ich mich vor ihm fürchten, da er fragwürdige Angewohnheiten hat, wie nachts in mein Haus einzubrechen – vielmehr aber genieße ich, was er danach mit mir tut ...

LIEBE LESER

Lange ist es her, seit ich meinen ersten und einzigen Kurzroman – Savage – geschrieben und veröffentlicht habe. Damals habe ich euch gefragt, ob ihr gerne mehr Kurzromane von mir lesen möchtet, und eure Antwort darauf war ein klares Ja. Leider habe ich, wie ihr wisst, ein klitzekleines Problem damit, mich kurzzufassen, und so fällt auch diese Geschichte eher lang als kurz aus. Für gewöhnlich umfassen meine Bücher 100k Wörter und mehr, und hier liegen wir bei gut der Hälfte. Zählt trotzdem, oder?

Ich wollte mich unbedingt an mein Mantra ›kurz, knackig & kinky‹ halten. Nennen wir das hier einfach einen Quickie á la Roxxi ;)

Ich kann weder dafür garantieren, dass ihr euch nicht mindestens einmal während des Lesens fragt, was zur Hölle eigentlich in meinem Kopf vor sich geht, noch dafür, dass ihr dieselbe Frage an euch selbst richtet, weil euch gefällt, was in meinem Köpfchen vor sich geht.

Warnung: Dort spielen sich ein paar wirklich fragwürdige Dinge ab, die mir nicht peinlich sind, mit euch zu teilen. Also lest das Buch nicht, wenn ihr eine Triggerwarnung benötigt oder liebevoll ›Moralapostel‹ genannt werdet.

Viel Spaß!

XOXO,
    Roxxi

Mit einem besorgten Stirnrunzeln verfolge ich durch die Heckscheibe meines Wagens den klappernden VW Käfer der Maklerin. Zu meiner Überraschung hält er bis zum Ende des Schotterwegs durch und kommt unmittelbar vor meinem neuen Zuhause auf Zeit zum Stillstand.

Während ich den Motor meines eigenen Wagens auslaufen lasse – was nach der siebenstündigen Fahrt dringend nötig ist –, steigt die Maklerin aus ihrem rostigen Oldie und grinst mich durch die Fensterscheibe an.

»Wie lange ist der Schotterweg, der zum Haus führt?«, frage ich, nachdem ich den Motor ausgeschaltet habe und meine Wagentür öffne.

Im Internet stand etwas von zwei Meilen, es kam mir jedoch um ganze Kontinente länger vor. Auch die Bilder aus der Annonce täuschen ein wenig über die

Realität hinweg. Während man auf den Fotos vermuten mochte, das kleine Häuschen sei von einem ebenso kleinen Wäldchen umgeben, wirkt es nun, als befänden wir uns hier im tiefsten Urwald – abgegrenzt von jeglicher Zivilisation, obwohl die Fahrt aus diesem Dschungel in den einzigen Supermarkt des Dorfes angeblich nur zwanzig Minuten dauert.

»Nicht einmal zwei Meilen«, antwortet die Frau mittleren Alters und mustert, wie auch schon bei meiner Ankunft heute Mittag in ihrem renovierungsbedürftigen Büro, mein Outfit. Ihr Blick bleibt an dem Streifen Haut haften, der meinen gebräunten Bauch enthüllt.

Als sie wieder in mein Gesicht aufsieht, lächelt sie neugierig. »Sie kommen also aus Denver?«

Ich nicke, schnappe mir meine Reisekoffer aus dem Kofferraum und verriegele den Wagen. »Genau. Deswegen finde ich es hier so aufregend.«

Sie kichert hinter vorgehaltener Hand. »In unserem Dorf gibt es doch gar nichts zu entdecken – nicht für ein Großstadtmädchen wie Sie.«

»Genau darum geht es.« Ich nehme einen tiefen Atemzug, genieße, wie frisch und erdig die Luft duftet, und beäuge zufrieden das Haus, das im Internet als *Naturhäuschen* beworben wurde.

Durch sein rustikales Äußeres mit dunkelbrauner Fassade und weinroten, teilweise bröckelnden Ziegelsteinen auf dem Dach wirkt es eher wie eine Hütte, aber *Naturhäuschen* trifft es auch. Es ist perfekt.

Winzig und abgelegen in ruhiger Umgebung. Solange es mit Strom versorgt ist, gibt es für mich nichts zu beanstanden. Nicht einmal die verstopfte Regenrinne oder all das Laub auf den verwitterten Stufen zur Veranda, die schon in die Jahre gekommen ist.

»Gott, diese Stille hier … Einfach unglaublich«, schwärme ich vor mich hin. Ich sauge ein weiteres Mal die frische Luft in mich auf und lächele. »Und der Geruch von Natur. Himmlisch.«

»Ruhig ist es hier auf jeden Fall. Fast schon totenstill.« Mrs Paul macht eine ausschweifende Handbewegung in Richtung des Waldes, der uns umgibt.

Ich betrachte fasziniert all die hoch gewachsenen Bäume und ihre massiven Stämme. Hier sieht man nichts außer der Farbe Grün und Braun; für jemanden wie mich, der sonst überwiegend die Farbe Grau zu Gesicht bekommt, ist dies wahnsinnig erfrischend. Es fühlt sich an, als würde man direkt eins mit der Natur werden, weil man hier so sehr mit ihr verbunden ist. Absolut kein Vergleich zu meiner Heimatstadt.

»Wie sind Sie denn auf unser Kaff gekommen, wenn ich fragen darf? Die meisten Einwohner Colorados kennen Maragoo nicht einmal vom Hören«, möchte die Maklerin wissen und steigt die Stufen zur Veranda hinauf, die definitiv schon bessere Tage gesehen haben. Sie knarren beunruhigend laut unter ihren Schritten. »Die Leute kennen nicht einmal unsere Nachbarstadt Mancos.«

»Ich habe es durch ein bisschen Stöbern im

Internet entdeckt«, erzähle ich ihr und folge ihr mit meinem Gepäck zum Hauseingang. Ein mittelalterlicher Türklopfer aus Messing befindet sich auf Augenhöhe. »Ich habe nach einem abgelegenen Ort gesucht, um mich zurückzuziehen und den Kopf frei zu bekommen. Irgendwo im Grünen, wo einem nicht an jeder Ecke eine Horde Menschen über den Weg laufen. So bin ich auf Mancos Campingplätze gestoßen, dadurch auf das Nachbardorf und schließlich auf Ihr Inserat. Als ich gesehen habe, dass Maragoo nur knapp achthundert Einwohner hat und dies das einzige Waldhäuschen zur Miete ist, war ich sofort hellauf begeistert und habe Sie kontaktiert. Genau danach habe ich gesucht.«

Mrs Paul schließt die Haustür auf und reicht mir mit einem Lächeln den Schlüsselbund. »Um sich zurückzuziehen, ist es perfekt. Hier fährt niemand hinaus, da es nur dieses Häuschen und ein weiteres gibt, das jedoch nicht vermietet wird. Der Besitzer lebt ebenfalls sehr zurückgezogen. Er wird Sie bestimmt nicht stören.«

»Wie weit liegt sein Haus denn von hier entfernt?«, will ich wissen, während ich mir den spartanisch eingerichteten Wohnraum ansehe.

Da die Fläche des Hauses an sich schon klein ist – nur etwas über achtzig Quadratmeter auf zwei Stockwerke verteilt –, habe ich damit gerechnet, dass die Küche im Wohnzimmer integriert ist. Hier befindet sich nur das nötigste Mobiliar: eine braune Couch rechts in der Ecke, ein hölzerner Couch- und Esstisch davor; links im Raum eine schmale, cremefarbene Küchenzeile mit Herdplatte, Ofen und Mikrowelle; direkt daneben ein niedriger Kühlschrank und oberhalb ein Fenster, von dem aus man direkt ins Nichts blicken kann. Ein leeres Wandregel gibt es noch, auf dem ein Blumentopf steht, der eine Pflanze vermisst.

»Das Haus Ihres einzigen Nachbarn befindet sich bloß fünf Gehminuten durch den Wald entfernt«, eröffnet sie mir.

Verdutzt betrachte ich sie. Eigentlich dachte ich, es gäbe nur dieses Häuschen in der Umgebung. So stand es zumindest in der Annonce. Noch so ein kleiner Schwindel.

»Keine Sorge, Sie sind hier trotzdem ganz für sich. Es kann vorkommen, dass Sie den Mann mit seinem Wagen vorbeifahren sehen, da nur der Schotterweg, den wir benutzt haben, aus dem Wald heraus und herein führt, aber viel öfter werden Sie ihn sicherlich nicht zu Gesicht bekommen. Mr Carter ist sehr … introvertiert.«

Ich hebe eine Augenbraue. »Warum die Pause?«

Die Maklerin lächelt kryptisch und durchquert den Raum zur hölzernen Wendeltreppe. »Mr Carter spricht nicht viel und lässt sich auch nicht oft im Zentrum blicken. So gesehen kennen wir ihn alle nicht sehr gut. Er macht bloß seine Erledigungen und fährt wieder nach Hause. So war es immer schon. Wir anderen wissen kaum etwas von ihm, obwohl wir in unserem Dorf so etwas wie eine große Familie sind. Er ist der Einzige, von dem ich behaupten würde, er gehöre nicht dazu. Aber nur, weil er es nicht will.«

»Aha«, mache ich beklommen, weil sich das für mich ganz nach dem klischeehaften Serienmörder anhört. Ich folge ihr die knarrenden Stufen nach oben. Beunruhigt werfe ich einen Blick auf meine Füße. »Die Treppe wird mir aber nicht zum Verhängnis werden, oder?«

Mrs Paul kichert. Offenbar findet sie mich sehr amüsant, obwohl die Frage todernst gemeint war. »Keine Sorge. Bei Ihrem Fliegengewicht auf keinen Fall.«

Kurz überlege ich, ob das wohl ein Kompliment sein soll; dann beschließe ich zu meinen Gunsten, dass es eines ist.

Ich öffne die Tür rechts im Flur, die ein kleines Badezimmer mit Eck-Dusche und Toilette verbirgt, das zu meiner Freude recht sauber erscheint, und werfe anschließend einen prüfenden Blick in das Zimmer links davon – das Schlafzimmer. Auch hier scheint alles in Ordnung zu sein. Es wirkt gepflegt.

»Perfekt«, sage ich, während ich das Doppelbett mit blumiger Bettwäsche betrachte. Darüber befindet sich ein breites Fenster mit kitschigen Vorhängen, daneben ein hölzerner Nachttisch und an der Wand gegenüber ein hölzerner Kleiderschrank. Ansonsten ist der Raum leer.

»Dass sich jemand wie Sie für ein Haus wie dieses

begeistern kann ...« Die Maklerin sieht mich auf eine Erklärung wartend an. Ich lächele nur. »Ich glaube, ich habe gar nicht gefragt, warum Sie sich gerne zurückziehen und den Kopf frei bekommen möchten?«

Na bitte, endlich fragt sie. Dass die Leute hier sehr neugierig sind, ist mir bereits aufgefallen, als ich mit meinem Wagen in die Ortschaft eingetrudelt bin und mich alle angeglotzt haben, als wäre ich gerade mit einem Ufo vor ihrer Nase gelandet.

Als ich zu Mrs Pauls Büro spaziert bin, wurde ich von drei Einwohnern angesprochen, die sichtlich interessiert an mir und den Gründen für meinen Besuch in Maragoo waren. Bei der geringen Einwohnerzahl kennt sich hier bestimmt jeder, und so fällt ein neues Gesicht prompt auf.

Ich werde mich schon noch daran gewöhnen, schätze ich. Außerdem werde ich die meiste Zeit hier im Häuschen verbringen, also kann es mir egal sein, ob die Leute über mich tratschen.

Was sie zweifellos tun. Mein bauchfreies Shirt hat so viele Blicke auf sich gezogen, dass ich mir selbst schon skandalös vorkam. Bestimmt gibt es morgen einen Artikel darüber in der Dorfzeitung mit der Überschrift: ›Wir haben Besuch von einer Prostituierten!‹

»Ich möchte ein Buch schreiben«, liefere ich ihr also einen der Gründe für meinen Besuch, woraufhin sie große Augen macht.

Ich verkneife mir ein Seufzen, weil ich genau weiß,

was sie denkt. *Dieses junge, blonde Püppchen soll eine Schriftstellerin sein? Ha ha!*

»Außerdem wollte ich etwas Abstand zu meinem Umfeld bekommen. Ich möchte mich selbst finden und mir über ein paar Dinge klar werden«, fahre ich unbeirrt fort.

»Ein Selbstfindungstrip also … Interessant«, murmelt sie gedankenverloren, als würde sie die Info in ihrem Hirn abspeichern, um sie an die anderen neugierigen Einwohner weiterzugeben. Wieder mustert sie mich dabei äußerst detailliert.

Ich überlege, es ihr leichter zu machen, indem ich eine kleine Drehung vollführe, lasse es dann aber bleiben, weil ich mir nicht sicher bin, ob die Leute hier diese Art von Humor verstehen. Am Ende nimmt sie es mir noch krumm.

»Wie ich schon in meiner E-Mail erwähnt habe, steht das Haus schon eine lange Zeit leer. Die Möglichkeit, den Mietvertrag zu verlängern, besteht also«, eröffnet sie mir schließlich freundlich.

Ich nicke. »Mal sehen, ob es mir hier auch tatsächlich so gut gefällt, wie ich es mir vorstelle. Gut möglich, dass ich doch länger bleiben möchte, wenn es mit dem Schreiben vorangeht.«

Ihre braunen Augen blitzen auf. »Sehr schön. Sagen Sie einfach rechtzeitig Bescheid.«

»Werde ich«, verspreche ich. »Wem gehört dieses Haus eigentlich? Und warum steht es schon so lang leer?«

»Einer Frau, die es von ihren Eltern geerbt hat. Wie so viele andere auch, hat es sie nach ihrem Abschluss in eine Großstadt verschlagen, und seither war sie nicht mehr hier. Ich habe einen Dauerauftrag, das Haus zu vermieten, aber die Nachfrage ist nicht sehr groß. Die meisten Leute wollen an belebten Orten mit vielen Sehenswürdigkeiten und Ausgehmöglichkeiten Urlaub machen, wissen Sie.«

»Natürlich«, murmele ich und betätige zur Überprüfung rasch alle Lichtschalter. Zwar hat sie mir erklärt, wie die Magie des Stromes in dieses Häuschen fließt, zugehört habe ich allerdings nicht wirklich.

Da überall Licht aufflackert, lächele ich zufrieden. »Und warum verkauft die Besitzerin nicht? Das wäre doch lukrativer, nehme ich an. Oder hat es einen emotionalen Wert für die Frau?«

Mrs Paul winkt augenrollend ab. »Ach, bitte. Die Frau konnte es gar nicht erwarten, von hier wegzukommen. Sie würde es gerne verkaufen, aber es gab in all den Jahren keinen einzigen Interessenten. Nach Maragoo zieht niemand ohne triftigen Grund.«

»Ich muss zugeben, dass ich mir auch nicht vorstellen könnte, für immer hier zu leben«, gestehe ich ihr. »Für jemanden wie mich, der sich für ein paar wenige Wochen komplett abschotten möchte, ist es natürlich ideal, aber auf Dauer betrachtet ...«

Ich verziehe den Mund, und sie lächelt wissend. »Ich komme eben aus einer Großstadt, an der es an jeder Ecke einen Imbiss und drei Bars gibt. Ich kenne nicht einmal die Namen meiner Nachbarn, obwohl ich seit über fünf Jahren in dem Hochhaus lebe.«

»So sind Großstädte eben«, meint sie in einem abwertenden Tonfall, den sie rasch überlächelt. »Genau deswegen lebe ich so gern hier. Man kennt sich untereinander, und die Leute sind freundlich und hilfsbereit. Außerdem findet man hier alles, was man braucht. Und meiner Meinung nach braucht man nicht an jeder Ecke drei Bars. Vermutlich gibt es deswegen so viele Alkoholiker … Überall Versuchungen.« Sie schüttelt betroffen den Kopf, und ich muss mir ein Lachen verkneifen. Mit der Hand deutet sie auf die Treppe. »Wollen wir wieder nach unten gehen?«

»Gern.« Ich folge ihr ins Erdgeschoss und schiebe mein Gepäck beiseite, damit sie die Eingangstür öffnen kann. »Dann bedanke ich mich recht herzlich. Ich darf mich an Sie wenden, wenn ich etwas brauche?«

Ihre braunen Augen blitzen auf, als würde sie sich darüber freuen, dass ich sie womöglich noch einmal vor meiner Abfahrt kontaktieren werde. »Aber natürlich! Sie können sich hier an jeden wenden. Die Leute würden sich freuen.« Zwinkernd öffnet sie die Haustür. »Wo Sie unser Zentrum finden, haben Sie sich gemerkt, ja?«

Fast muss ich hysterisch lachen. Dieser Ort ist so winzig, dass man gar nichts *nicht* finden kann. Wie sollte man sich hier auch verirren? Man geht dreimal im Kreis und hat jeden Winkel des Dorfes gesehen.

»Das habe ich. Außerdem gibt es ja die vielen Schilder, die einem dem Weg weisen«, erinnere ich sie amüsiert, als mir das Schild mit der Aufschrift ›Hundepark 100m – Menschenpark 200m‹ wieder einfällt.

Das war das Highlight meines Tages. In dieser Ortschaft gibt es sogar Straßenschilder, die den Weg zur einzigen Schneiderin und dem Blumenladen anzeigen. Da es hier quasi nichts gibt – gerade das Nötigste zum Überleben – ergibt das fast schon wieder Sinn.

»Genau.« Mrs Paul präsentiert ihre weißen Beißerchen. »Rufen Sie mich jederzeit an. Der Empfang im Haus ist nicht der Beste, aber Sie wissen ja, wo Sie mich finden.«

»Wohnen Sie in Ihrem Büro?«, will ich perplex wissen.

Sie marschiert aus der Tür. »Darüber. Die meisten Laden- oder Bürobesitzer wohnen im selben Gebäude, meistens im Stockwerk oberhalb. Wie Ihnen sicher bei der Durchfahrt schon aufgefallen ist, gibt es nur wenige Gebäude in Maragoo.«

Grundsätzlich gibt es hier von allem wenig, was ich jedoch für mich behalte, da ich befürchte, sie könnte es als Beleidigung auffassen. Entdeckt habe ich exakt einen großen Supermarkt, eine Tankstelle an der Grenze zu Mancos, einen Blumenladen, zwei Klamottenläden, einen Elektronikladen, einen winzigen Friseursalon, eine Zoohandlung, ein scheinbar gut besuchtes Diner – da es weit und breit das einzige ist –, eine Apotheke, und einen altmodischen Buchladen, sofern ich mich nicht ganz täusche. Bestimmt habe ich zwei oder drei Läden übersehen, aber im Großen und Ganzen ist das alles, was Maragoo neben der Praxis eines Allgemeinarztes zu bieten hat.

Und natürlich ein paar Wohnhäuser, in denen die lächerlich wenigen Einwohner hausen.

Eine Auszeit in dem fremden Dorf wird mir hoffentlich dabei helfen, ein bisschen zur Ruhe zu kommen und abzuschalten. Ich bin tatsächlich hier, um endlich wieder das Schreiben aufzunehmen und hoffentlich auch zu Ende zu bringen, und auch, um Abstand von allem, was mich aus Denver vertrieben hat, zu bekommen. Ich wollte weg von all dem Stress, dem hektischen Alltag, und den unzähligen Menschen, denen man dort tagtäglich begegnet. Primär von Pete, meinem On-Off-Freund, der wenig begeistert davon war, dass ich mich für die nächsten fünf Wochen in einem Kaff einigeln möchte.

Als ich ihm das Häuschen gezeigt habe, hat er mich angesehen, als würde er ernsthaft an meinem Geisteszustand zweifeln. Niemand, der aus einer so lebendigen Großstadt wie Denver stammt, würde je freiwillig in eine Hütte im Wald ziehen, waren seine Worte, worüber ich nur müde gelächelt habe.

Niemand außer mir, wie es scheint.

»Ich wünsche Ihnen einen angenehmen ersten Abend«, verabschiedet sich die Maklerin freundlich und marschiert zu ihrem reparaturbedürftigen Kleinwagen.

Ich winke und schließe die Tür, als sie mit ihrer Klapperkiste davonfährt.

Endlich allein.

KAPITEL 2

Die erste Nacht im Haus war … ruhig. Totenstill trifft es eher.

Als ich im Stockfinsteren im Bett lag, an die Decke starrte und die neue Umgebung in mich aufsog, war ich seltsam im Einklang mit mir, was schon lange nicht mehr der Fall war. Mein Kopf war wie leergefegt – ein unglaublich befreiendes Gefühl. Ich musste mir keine Gedanken über irgendetwas machen, konnte einfach meinem Atem lauschen und meine Einsamkeit genießen.

Dementsprechend erholt und ausgeglichen bin ich heute Morgen aufgewacht. Ich nahm eine lange Dusche, trank einen schwarzen Kaffee und stand für gefühlt eine halbe Stunde einfach vor der Haustür und starrte in den unendlichen Wald, der bloß unendlich erscheint. Hier fühle ich mich wie in einen Kokon gehüllt – beschützt und sicher. Als könnte niemand zu mir durchdringen.

Nun ist es an der Zeit, einkaufen zu fahren, da im Kühlschrank gähnende Leere herrscht. Weil ich damit schon gerechnet habe, habe ich wenigstens Kaffeepulver mitgebracht, da ich ohne Koffein nicht überleben kann. Fließt nicht genügend davon durch meine Adern, bin ich nicht funktionstüchtig. Erst recht nicht morgens.

Ich hänge mir meine Tasche über die Schulter und verlasse das Haus. Obwohl ich eine Hand dafür ins Feuer legen würde, dass niemals jemand versuchen würde, hier einzubrechen, schließe ich sicherheitshalber ab und steige dann in meinen Wagen, der hier mehr als fehl am Platz wirkt.

Was nicht nur am blitzblauen Lack liegt, der auch überall sonst Blicke auf sich zieht.

Ich werfe die Tasche auf den Beifahrersitz, starte den Motor und fahre, ohne zu zögern, alle Fenster herunter, um die stickige Luft aus dem Wagen zu vertreiben. An der hohen Luftfeuchtigkeit spürt man, dass die Temperaturen im oberen Bereich liegen. Der Bordcomputer zeigt mir eine Außentemperatur von fünfundzwanzig Grad an, und es ist gerade einmal elf Uhr vormittags.

Ich fahre den gerade verlaufenden Schotterweg bis zur Hauptstraße entlang und wundere mich darüber, dass er mir heute viel kürzer vorkommt als gestern. Danach biege ich links ab und fahre wieder zehn

Minuten nur geradeaus, bis sich die ersten Geschäfte neben mir erstrecken. Der Supermarkt liegt sehr zentral. Man muss lediglich einmal rechts abbiegen – direkt nach dem neongelben Schild, das ihn ankündigt.

Als ich auf dem dazugehörigen Parkplatz halte, fühle ich mich augenblicklich beobachtet.

Mit einem selbstsicheren Lächeln auf den Lippen schnappe ich mir meine Tasche und schwinge mich aus dem Sitz. Es macht mir nichts aus, dass sich die Leute nach meinem Wagen und mir umdrehen und tuscheln, und auch nicht, dass manche von ihnen extra langsam ihre Einkäufe in ihren Kofferräumen verstauen, um mich einer ausführlichen Musterung zu unterziehen. Darauf war ich bereits vorbereitet.

Mit gestrafften Schultern und immer noch bester Laune mache ich mich auf den Weg zum Eingang und werde kurz davor von einem Mann mittleren Alters abgepasst. Er hüpft wie ein Kaninchen vor mich und zieht seinen imaginären Hut, was mich zum Kichern bringt.

»Das Denver-Girl«, stößt er mit einem breiten Lächeln hervor, welches die Fältchen um seine Augen betont. Er hat einen gezwirbelten Schnauzbart, der ihm wenig Seriosität verleiht. »Hab schon viel von Ihnen gehört, Lady.«

»Das ging aber schnell«, meine ich amüsiert und schnappe mir einen der Einkaufswagen.

Schnauzbart folgt mir in den Supermarkt. Ich

werfe ihm einen kurzen Seitenblick zu und ertappe ihn dabei, wie er meine nackten Beine beäugt.

»Und Sie sind ...?«, frage ich, um seine Aufmerksamkeit wieder auf mein Gesicht zu lenken, woraufhin er blinzelt und ein dämliches Grinsen aufsetzt.

»Mir gehört der Elektronikladen die Straße weiter runter«, eröffnet er mir stolz. Ich forme die Lippen zu einem erstaunten O und schiebe den Wagen vorwärts. »Falls Sie also mal etwas brauchen, kommen Sie ruhig vorbei. Hier beißt niemand.«

»Ich werde es mir merken«, erwidere ich freundlich und schnappe mir eine Packung Äpfel. »Haben Sie einen Namen?«

»Oh, entschuldigen Sie. Ich bin es nur nicht gewohnt, mich vorstellen zu müssen«, lacht er und wischt sich seine Hand an der ausgewaschenen Jeans ab, bevor er sie mir entgegenstreckt. »Simon Spare.«

Ich ergreife seine Hand und ekele mich kurz, weil seine Handfläche immer noch unangenehm feucht ist. »Freut mich. Mein Name ist -«

»Sara Shepard, ich weiß«, beendet er meinen Satz mit funkelnden Augen. Wieder fällt sein Blick auf meine Beine. »Ich hätte Sie mir ganz anders vorgestellt, aber ich vermute, so sehen Großstadtmädchen nun mal aus.«

Stirnrunzelnd folge ich seinem Blick zu meinem Outfit. Ich trage helle Jeanshotpants, darüber ein rot kariertes Flanellhemd, das ich am Bauch verknotet habe, ein weißes Top darunter und meine ledernen Sommerboots an den Füßen, die mir bis zu den Knöcheln reichen. Vermutlich laufen die Frauen in Maragoo nicht so freizügig oder hip gekleidet herum – die, die ich bisher zu Gesicht bekommen habe, waren eher eintönig, zugeknöpft und prüde gekleidet.

»Das war ein Kompliment«, erklärt er rasch, als er meinen unsicheren Blick bemerkt. Ich bedanke mich mit einem Lächeln dafür und schiebe den Wagen zu den Bananen. »Es spricht sich schon herum, dass wir nun ein Topmodel unter uns haben …« Er gluckst.

Ich pruste. »Sie nutzen hier wohl keine sozialen Medien.«

Der Mann scheint nicht zu verstehen, worauf ich hinaus will. Ich erspare mir die Erklärung. Unbewusst streiche ich mir das blonde Haar hinter die Ohren und frage mich gedanklich, ob ich vielleicht ungeschminkt außer Haus gehen hätte sollen. Roter Lippenstift scheint hier etwas zu sein, das nur *Topmodels* tragen.

In Denver wäre ich in meinem heutigen Aufzug unter hunderten von anderen gestylten Frauen nur so untergegangen. Diese Art von Aufmerksamkeit ist eigentlich nicht das, was ich wollte. Ich wollte mit meinem vorübergehenden Umzug genau das Gegenteil bezwecken.

»Na gut, dann halte ich Sie nicht weiter auf, Ms Shepard.«

»Sara, bitte.« Ich ergreife die Visitenkarte, die er

mir reicht. Die Nummer und Adresse seines Ladens sind darauf vermerkt. »Das ist nett, danke.«

»Rufen Sie jederzeit an, wenn Sie etwas brauchen«, meint er euphorisch.

Als er sich abwendet, gehe ich der Reihe nach durch alle Gänge und fülle den Einkaufswagen, bis er droht, überzulaufen. An der Feinkosttheke muss ich mich wieder einer Musterung und einem Verhör unterziehen lassen, beantworte die Fragen der Angestellten aber gerne, weil sie nicht allzu aufdringlich sind. In der Gemüseabteilung treffe ich auf den Dorfsheriff– einen Mann Ende Vierzig mit grau meliertem Haar und dichtem Bartwuchs –, der mich herzlich willkommen heißt und mir ebenfalls seine Visitenkarte reicht, und in der Tiefkühlabteilung werde ich in das Gespräch dreier Frauen verwickelt, die mich nach meinem Job ausfragen. Offenbar machen Neuigkeiten hier wirklich schnell die Runde, denn die erste Frage lautet prompt, welche Art von Büchern ich schreibe und ob ich schon welche veröffentlicht habe.

Fragen, die ich auf eine charmante Weise umgehe. Die Antworten würden bloß für noch mehr Gesprächsstoff sorgen.

Leise schnaubend, weil es mich doch ein wenig nervt, der Mittelpunkt einer ganzen Ortschaft zu sein, schiebe ich den Wagen in die Snackabteilung und reiße noch hier und jetzt einen Schokoriegel auf, um meinen knurrenden Magen zu beruhigen.

Als mich eine Angestellte, die nebenan ein Regal

mit Chips befüllt, deswegen krumm ansieht, lächele ich entschuldigend und murmele ein schnelles »Ich bezahle ihn auch«, bevor ich den Wagen vorwärts schiebe und auf die Zehenspitzen gehe, um nach ganz oben an die Vollmilchschokolade zu gelangen. Warum sie diese so weit oben verstauen, ist mir ein Rätsel.

»Warte, ich helfe dir«, ertönt eine weibliche Stimme hinter mir, und ich lasse den Arm wieder sinken. Ein Mädchen Anfang zwanzig lächelt mich aufgeregt an und fischt aufgrund ihrer lang gewachsenen Beine mühelos eine Tafel aus dem überirdisch hohen Regal. »Eine reicht?«

»Eher drei«, sage ich, woraufhin sie sich noch zwei Tafeln schnappt und diese in meinen Wagen legt. Ich schenke ihr ein Lächeln. »Danke.«

»Sara, richtig?«

Innerlich verdrehe ich die Augen. »Richtig.«

»Ich bin Cassie. Die Pfarrerstochter«, stellt sie sich höflich vor und beäugt fasziniert mein Outfit. Ihres ist … Nun ja, nennen wir es einfach das Outfit einer Pfarrerstochter. »Wow, die Leute haben nicht gelogen. Du bist richtig hübsch. Modelst du?«

»Ich bin Autorin.«

»Dann stimmt es also wirklich? Mein Vater hat mir vorhin erzählt, dass wir nun eine Schriftstellerin unter uns haben«, erzählt sie sichtlich verblüfft. »Cool. Was schreibst du denn so?«

»Unterschiedlich«, weiche ich der Frage aus, woraufhin sie nicht weiter nachhakt. Besser so. Als

Pfarrerstochter ist sie nicht unbedingt die Zielgruppe für meine perversen Erotikgeschichten. »Sag mal, werde ich jetzt für den Rest meines Aufenthalts das Tratschthema Nummer Eins bleiben oder legt sich das wieder? Mir ist das, ehrlich gesagt, etwas unangenehm.«

»Oh ...« Sie blinzelt mich durch ihre großen, braunen Augen schuldbewusst an. »Ja, natürlich ... Das verstehe ich. Nimm es den Leuten nicht übel. Wir bekommen nur selten neue Gesichter zu sehen, weißt du.«

»Ja, das dachte ich mir schon.«

»Aber das vergeht bestimmt. Wenn dich erst einmal alle kennen, hören sie auf, über dich zu tratschen«, versucht sie mich mit einem Lächeln zu beruhigen. Ich nicke nur und hoffe, sie behält recht. »Wie gefällt es dir in dem Haus? Ich war bloß einmal dort – ganz schön gruselig so abgelegen im Wald.«

»Gruselig?« Ich muss lachen. »Ich finde es eher angenehm ruhig.«

»Cool, das freut mich«, erwidert sie aufrichtig und folgt mir in den nebenanliegenden Gang mit den Waschmitteln.

Da fällt mir plötzlich ein, dass ich keine Waschmaschine im Haus habe, und ich verziehe das Gesicht.

Cassie deutet meinen Blick richtig, denn sie kichert und erklärt mir: »Ein paar hundert Meter vor der Tankstelle gibt es eine Reinigung mit Waschmaschinen und Trocknern. Nebenan befindet sich ein

Diner, in dem du dir die Zeit vertreiben kannst, bis die Wäsche fertig ist. Die haben tolle Blaubeer-Muffins dort.«

»Gott sei Dank«, seufze ich. Ich schnappe mir dennoch eine große Packung Flüssigwaschmittel, falls ich etwas per Hand waschen möchte, und schnuppere an ein paar der Weichspüler, ehe ich mich für einen rosafarbenen entscheide, auf dem ›smell and love me‹ steht.

»Und du wohnst noch bei deinen Eltern?«, will ich schließlich von ihr wissen, da sie immer noch neben mir steht und mich mit diesen faszinierten Augen betrachtet. Cassie nickt. »Hättest du nicht manchmal gerne deine Ruhe?«

»Eigentlich nicht«, meint sie schulterzuckend. »Hier im Ort ist es sowieso total ruhig, und auch würde ich ausziehen, käme ich nicht weit von meinem Elternhaus weg. Also bleibe ich gleich dort.«

Ich nicke verständnisvoll. Maragoo ist definitiv der falsche Ort, um Abstand zu seinen Eltern zu bekommen. Aber offenbar wollen das auch nicht alle Mädchen in diesem Alter so wie ich damals.

»Hast du deinen Nachbarn schon kennengelernt? Mr Carter?«, fragt sie mich unvermittelt.

Ich schüttele den Kopf. »Der lässt sich angeblich nicht oft blicken.«

Cassie zeigt mit dem Finger hinter mich. »Stimmt, aber montags und donnerstags trifft man ihn immer gegen zwölf Uhr hier im Supermarkt. Der ist ein übles Gewohnheitstier.«

Verwundert drehe ich mich um und starre den Rücken des Mannes an, auf den sie gezeigt hat.

Das Erste, das mir auffällt, ist, dass er verdammt groß ist. Fast könnte man es riesig nennen, zweifelsohne mindestens einen Meter neunzig. Seine Statur wirkt in dem grauen Shirt, das er trägt, ziemlich breit; es spannt zwischen seinen Schulterblättern. Und sein Hintern ... *Yumi.* Knackiger als erwartet. Die dunklen Jeans, die er trägt, sind verboten tiefsitzend. Ich kann ein Stück seiner schwarzen Boxershorts erkennen, als er sich bückt, um aus einem Karton eine Flasche Milch zu entnehmen.

»Oh, mein Dad ruft mich«, reißt mich Cassie von seinem Anblick los und umarmt mich unerwartet liebevoll.

Kurz bin ich überrumpelt, doch dann erwidere ich die Geste und streichele ihr etwas unbedarft über den knochigen Rücken. Zuwendungen dieser Art sind mir einfach nicht vertraut. Zumindest nicht mit mir völlig fremden Personen. Außerdem bin ich kein Mensch, der viel Nähe zu anderen sucht. Ich kuschele nicht einmal gerne, deswegen habe ich mir auch nie ein Haustier gekauft.

»Also dann, wir sehen uns. Komm doch mal im Diner vorbei, dort ist immer viel los«, verabschiedet sich das Mädchen von mir.

»Mal sehen«, erwidere ich unverbindlich und winke, als Cassie wie ein Wirbelwind davonsaust.

Ich werfe einen Blick in meinen vollen Einkaufswagen und beschließe, mir noch eine Packung Müsli zu holen und dann endlich nach Hause zu fahren. So lange habe ich mich noch nie in einem Supermarkt aufgehalten, was wohl daran liegt, dass *ich* permanent aufgehalten werde.

Der Gang mit den Müslis befindet sich unmittelbar hinter dem Kühlregal und so überlege ich, ob ich mich wohl im Vorbeilaufen bei meinem einzigen Nachbarn vorstellen sollte. Schließlich wäre das nur höflich, und womöglich brauche ich irgendwann einmal etwas von ihm. Außerdem begegnen wir uns früher oder später sowieso – das lässt sich in diesem Örtchen ja offensichtlich nicht vermeiden. Also kann ich das Verhör auch gleich hinter mich bringen. Da er laut der Maklerin ebenso gern seine Ruhe genießt wie ich, hoffe ich, ist es damit dann auch getan.

»Hi«, sage ich also und schiebe den Wagen direkt neben ihn. Ich warte auf eine Reaktion, es folgt jedoch keine. Vielleicht denkt er, ich würde mit jemand anderem sprechen, obwohl in dem Gang niemand außer uns beiden ist.

Kurzerhand schiebe ich ihm den Wagen in die Kniebeuge und murmele: »Ups! Entschuldigung.«

Ruckartig dreht er sich zu mir um. Dann weitet er regelrecht fassungslos die Augen, als hätte ich ihn gerade mit einem tonnenschweren Truck angefahren.

Während er mich also ansieht, als wäre er meinetwegen nur haarscharf dem sicheren Tod entkommen, bin ich nun diejenige, die ihn einer ausführlichen Musterung unterzieht. Denn irgendwie habe ich mit allem gerechnet, aber nicht damit, dass er so ... aussieht, wie er nun mal aussieht.

Verdammt, er ist heiß. Noch eine Stufe höher als attraktiv. Die simple Bezeichnung würde ihm definitiv nicht gerecht werden.

Ich bin geradezu perplex, als seine ozeanblauen Augen meinen überraschten Blick auffangen und festhalten. Das Funkeln darin sendet feine Blitze durch meinen Körper und ist unergründlich. In diesen Augen könnte man ertrinken. In diesen Augen *will* man ertrinken.

Gott, mir wird plötzlich furchtbar warm.

Ich räuspere mich wild. »Tut mir leid, ich wollte Sie nicht anfahren.« Ihm bei unserer ersten Begegnung direkt eine Lüge aufzutischen, schadet bestimmt meinem Karma, aber was soll's.

Es folgt keine Reaktion von ihm, außer dass er seine Augen wie in Zeitlupe an mir hinunterschweifen lässt, was mir das merkwürdige Bedürfnis entlockt, mich vor seinem durchbohrenden Blick zu schützen. Es fühlt sich an, als würde er mich damit röntgen.

»Ich bin Sara«, stelle ich mich schließlich vor, um meinem Monolog ein Ende zu bereiten. Üblicherweise ist man so höflich, sich nun ebenfalls namentlich vorzustellen.

Was er jedoch nicht tut.

Mein Blick fällt auf seine vollen, rosigen Lippen, die feucht glänzen, als hätte er sich gerade darüber geleckt. Da mir in den Sinn kommt, dass er vielleicht der Einzige ist, der noch nicht von der neuen Bewohnerin in Maragoo erfahren hat, erkläre ich freundlich: »Ich bin Ihre neue Nachbarin ... Oder besser gesagt, die einzige.« Ich versuche es wieder mit einem Lächeln. Dieses Mal ist es neckisch und – zugegebenermaßen – vielleicht auch etwas flirtend.

Als er mich weiterhin bloß anstarrt, als hätte ich ihn erst mit einem Laster angefahren und würde ihn nun auch noch belästigen, während er im Sterben liegt, steigt ein irritierend beschämtes Gefühl in meiner Brust auf. Unwillkürlich bereue ich, ihn angesprochen zu haben.

»Ähm, okay, also dann ...«, sage ich gedehnt und beiße mir auf die Unterlippe, wie ich es immer tue, wenn ich verlegen oder peinlich berührt bin.

Jetzt ist es an ihm, auf meinen Mund zu starren. Immer noch schweigend, wohlgemerkt.

»War nett, Sie kennenzulernen«, murmele ich und packe meinen Wagen mit beiden Händen, um ihn von ihm weg zu befördern. »Oder auch nicht«, füge ich verwirrt hinzu und werfe einen letzten Blick über die Schulter zu ihm.

Von ihm kann ich mir wohl kein Ei borgen, wenn ich eines brauche.

Ob alle heißen Männer in Maragoo so ... mundfaul sind? Was für eine Verschwendung. Mit seinem dunkelbraunen Haar, das er wild und unfrisiert trägt, dem dichten Bart, der seine symmetrischen Wangenknochen betont, und diesem sinnlichen Mund wirkt er wie aus einer Frauenzeitschrift entsprungen. Nicht zu vergessen der wohlgeformte und kräftige Körper, der von vorne noch viel besser aussieht, da sich seine Brustmuskeln sexy an den Stoff des Shirts schmiegen …

Der Mann wirkt wie ein Tier, regelrecht animalisch. Sein Anblick hat prompt eine tief in mir verborgene Sehnsucht geweckt und mir neuen Stoff für meine nächste Novelle gegeben. Zugegebenermaßen stehe ich auf die ruppige und raue Sorte Mann. Ich mag sie nicht aalglatt.

Leider aber stehe ich auch auf Männer, die ihren Mund zu benutzen wissen. Gelegentlich auch zum Sprechen.

An der Kasse beäugt mich die Angestellte hinter dem Pult interessiert. Sie deutet mit dem Kopf auf Mr Carter, der nun in einem anderen Gang steht, mich jedoch immer noch seltsam anstarrt. Er tut es nicht einmal unauffällig.

»Na, schon Ihren Nachbarn kennengelernt?«

»Kann man so nicht sagen«, murmele ich und räume die letzte Packung Fleisch auf den Tresen. »Er hat kein Wort mit mir gewechselt.« Sein Blick bohrt sich förmlich in meinen Rücken, und ich drehe mich mit einem Stirnrunzeln zu ihm um. Er wendet sich im selben Moment ab. »Ist der immer so komisch?«, will ich von der Angestellten wissen.

Sie lacht. »Er ist ein ruhiger Kerl, lebt ganz allein. Vermutlich haben Sie ihn ein bisschen überrumpelt.«

»Womit denn? Indem ich *Hallo* sage?«, frage ich irritiert.

»Jemanden wie Sie bekommt man hier nicht oft zu Gesicht, wissen Sie«, meint sie freundlich, und trotzdem nervt mich die Aussage.

Warum behandeln mich hier alle Menschen so, als wäre ich ein bisher nicht erforschtes Lebewesen?

»Vielleicht hat ihm Ihr Aussehen die Sprache verschlagen.« Die Frau zwinkert mir zu.

»Daran wird's liegen«, murmele ich sarkastisch und bezahle den Einkauf. Ich schnappe mir eine der kostenlosen Tragetaschen und schenke ihr zum Abschied ein Lächeln. »Schönen Tag noch.«

»Ebenfalls.« Sie sieht mir neugierig hinterher, als ich den Laden verlasse.

Auf dem Parkplatz schaffe ich es, mich von nur zwei Einwohnern verhören zu lassen, ehe ich mit dem Auto zurück zu meinem Häuschen fahre. Dort angekommen genieße ich unwillkürlich die Stille und räume in aller Ruhe meinen Einkauf aus, bevor ich mir etwas zu essen zubereite.

Als ich Motorengeräusche höre, gehe ich zu dem kleinen Fenster neben der Haustür und ziehe den milchigen Vorhang beiseite, um hinauszuspähen zu können. Ein dunkelblauer Pick-up fährt dem Haus auf dem Schotterweg entgegen und nimmt dann die kleine Abzweigung in den Wald.

Das muss er sein. Der schweigsame Serienmörder.

Bei dem Gedanken schüttele ich lachend den Kopf und weiche vom Fenster.

Was für ein seltsames Örtchen.

KAPITEL 3

*M*it einem dünnen Morgenmantel bekleidet gehe ich ins Badezimmer, um mein Gesicht zu waschen und mir die Zähne zu putzen. Danach binde ich mein schulterlanges Haar zu einem unordentlichen Dutt zusammen und spaziere nach unten, um Kaffee aufzusetzen.

Auch die zweite Nacht im Haus war angenehm ruhig und sehr erholend. Heute werde ich wohl anfangen, an meinem neuen Buch zu schreiben. Gestern habe ich schon die ersten Notizen dazu gemacht und die Charaktere erschaffen, aber heute möchte ich mit der Story beginnen. Wo genau ich mich mit dem Laptop niederlassen möchte, weiß ich noch nicht, aber ich finde bestimmt ein bequemes Plätzchen zum Arbeiten.

Ich entnehme eine meiner mitgebrachten Kaffeetassen aus dem Schränkchen oberhalb der Spüle und werfe einen Zuckerwürfel hinein, bevor ich den kochend heißen Kaffee darüber gieße. Während ich umrühre, drehe ich mich in Richtung der Haustür und zucke erschrocken zusammen, als jemand just in diesem Moment lautstark daran klopft.

Stirnrunzelnd stelle ich die Tasse ab, binde den kurzen Morgenmantel am Bauch zu, und gehe zum Fenster neben der Tür, um nachzusehen, wer mir einen unangekündigten Besuch abstattet.

Gott, wie aufdringlich die Leute hier sind. Ich hoffe, dass das nicht zur Gewohnheit wird. Ich hasse es, wenn Menschen einfach bei mir zu Hause vorbeischauen. Primär, weil ich furchtbar unordentlich bin und mich dann immer für das Chaos in meiner Wohnung schämen muss.

Auf der Veranda kann ich niemanden entdecken. Verwirrt schließe ich die Tür auf und stecke meinen Kopf durch einen kleinen Spalt.

Oh. Damit hätte ich jetzt nicht gerechnet.

»Hi«, sage ich mit einem überraschten Lächeln und öffne die Tür komplett.

Neugierig mustere ich Mr. Ich-habe-meine-Zunge-verschluckt und stelle fest, dass er genauso attraktiv ist, wie ich ihn in Erinnerung habe. Und gestern noch in meinen Notizen zum Buch beschrieben habe.

Sein Blick gleitet wie im Supermarkt in Zeitlupe über meinen Körper. Ich sehe, wie ein Muskel an seiner Wange zuckt, als er bei meinen nackten Beinen ankommt. Ich könnte mich irren, glaube aber, einen erhitzten Ausdruck in seinen blauen Augen zu erkennen.

Ich befürchte, auszulaufen, wenn er mich noch länger so ansieht, und überkreuze automatisch die Beine. Die Blicke dieses Mannes sind dermaßen intensiv, dass sich meine Libido nach langem wieder einmal euphorisch zu Wort meldet.

»Hallo«, presst er schließlich hervor, und der Klang seiner Stimme löst unwillkürlich ein Ziehen in meinem Schoß aus. Oh verdammt. Sie klingt genauso rau und roh, wie er wirkt.

»Hi«, murmele ich wieder, da mein Kopf mit einem Mal wie leergefegt ist.

»Das sagten Sie bereits.« Er starrt mich an, und ich fühle mich augenblicklich kleiner, als würde ich unter seinem durchbohrenden Blick schrumpfen. »Sie wohnen jetzt also hier?«

»So ist es«, bestätige ich ihm und werfe einen Blick an ihm vorbei vor das Haus. Ich kann seinen Pick-up nirgendwo entdecken, also muss er den Weg durch den Wald zu Fuß zurückgelegt haben.

»Allein?«

Ich nicke nervös.

»Kein Freund?«

Nun schüttele ich verwirrt den Kopf. Warum erkundigt er sich danach? Hat er etwa vor, mich nachts zu überfallen, abzuschlachten und danach im Wald zu vergraben?

»Warum?«, will er wissen.

Ich blinzele. »Wie meinen Sie das, warum?«

»Was hat Sie hierher verschlagen?«

»Ich wollte ein bisschen Abstand haben«, erkläre ich angespannt und merke, wie schnell mein Herz in seiner Gegenwart schlägt. Und vielleicht auch aufgrund seines kleinen Verhörs.

Seine blauen Augen bohren sich in mich, als er die dichten Augenbrauen zusammenzieht. Prüfend mustert er mich, und ich kann bei Gott nicht sagen, ob ihm gefällt, was er sieht, oder nicht. »Also haben Sie vor, länger zu bleiben?«

»Nur für ein paar Wochen«, erwidere ich kleinlaut.

Die Antwort scheint ihm nicht zu gefallen. Ein strenger und unzufriedener Zug bildet sich um seinen schönen Mund, lässt ihn verbittert wirken.

Mein Herz beginnt, wild zu galoppieren. Warum werde ich so nervös in seiner Nähe und bekomme kaum ein Wort heraus, nun da er endlich welche von sich gibt?

Der Mann schüchtert mich ein, aber auf keine ungute Weise. Eher auf die wirklich gute Weise.

»Halten Sie sich von meinem Haus fern«, presst er schließlich unvermittelt hervor. In seinem Blick spiegelt sich so etwas wie eine Warnung wider.

Nun runzele ich beleidigt die Stirn. »Ich habe mich nie in der Nähe Ihres Hauses aufgehalten.«

»Sie sind jetzt schon viel zu nah.« Mit diesen Worten wendet er sich ab und steigt die knarrenden Stufen der Veranda herunter.

Empört starre ich auf seinen breiten Rücken und sehe ihm hinterher, als er mit schweren Schritten, die beinahe wütend wirken, zum Wald marschiert und darin verschwindet.

Was zur Hölle?

Am späten Abend lege ich den Laptop für eine kurze Schreibpause weg und mache mir ein Sandwich. Während ich es hungrig verschlinge, bin ich gedanklich immer noch bei der Story, die ich endlich zu schreiben begonnen habe. Irgendetwas daran stört mich.

Vermutlich, dass sie unglaublich lahm ist.

Meine letzten Bücher waren ein Hit, doch dann habe ich ganz ungewollt eine Schreibpause eingelegt. Jetzt könnte der Druck, der auf mir lastet, nicht höher sein. Die Leser erwarten nach den Monaten nun eine bombastische Geschichte – zumindest sollte sie wenigstens halb so gut sein wie die zuvor – und ich bin mir nicht sicher, ob ich ihren Erwartungen gerecht werden kann.

Mein Liebesleben ist für den Arsch. Nichts aus meinen Büchern spiegelt auch nur in entferntester Weise die Realität wider. Zum Glück habe ich eine glorreiche Fantasie, die meist auch recht fragwürdig ist, und kann diese wenigstens in meinen Geschichten ausleben, wenn schon nicht im wahren Leben.

Es liegt nicht nur daran, dass mir im realen Leben keine Männer wie die aus meinen Geschichten begegnen, sondern auch daran, dass ich im Gegensatz zu meinen Protagonistinnen nicht halb so wagemutig, risikofreudig und offen bin, was meine sexuellen Neigungen betrifft. Lange Zeit habe ich mich für sie geschämt und sie vor mir selbst geleugnet, doch heute bin ich an einem Punkt, an dem ich akzeptieren kann, dass ich ein wenig anders veranlagt bin als die meisten Frauen. Oder zumindest nicht auf das stehe, was in der Gesellschaft als ›normal‹ gilt.

Durch meinen Job als Autorin weiß ich jetzt immerhin, dass es auch Frauen gibt, die meine Fantasien teilen oder zumindest genauso angetan davon sind. Ich bin mir sicher, dass manche von ihnen genau wie ich davon träumen, das zu erleben, was meine Protagonistinnen erleben. Andere leben vielleicht sogar tatsächlich aus, was sich in meinen Geschichten abspielt.

Das Schreiben und Veröffentlichen meiner Bücher hat mir maßgeblich dabei geholfen, meine Sichtweise auf diese Dinge zu verändern. Nun finde ich es nicht mehr abartig, mir beim Masturbieren vorzustellen, wie mir ein Mann den Hintern versohlt, bevor er mich ans Bett fesselt und hart von hinten nimmt. Und auch nicht mehr ganz so verwerflich, dass ich mir sogar beim Sex mit meinem On-Off-Freund Pete stets vorstelle, er würde irgendwelche grausamen Dinge mit mir tun, mich leiden lassen und benutzen, sodass ich meine Befriedigung finden kann. Ohne diese Fantasien als Anreiz funktioniert es einfach nicht.

Als hätte er auf seinem Radar, wenn ich an ihn und unser ödes Sexleben denke, geht in diesem Moment ein Anruf von Pete auf meinem Handy ein.

Ich seufze leise, schnappe es mir vom Couchtisch, und gehe vor die Tür, da ich schon festgestellt habe, dass das Netz draußen besser ist als drinnen.

»Der Sinn unserer Beziehungspause ist nicht, dass wir uns weiterhin täglich hören, Pete«, lautet meine trockene Begrüßung.

»Eine kurze Nachricht wäre nett gewesen, damit ich weiß, dass du heil angekommen bist und ich mir keine Sorgen um dich machen muss«, erwidert er genauso trocken. »Also, wie ist Maragoo?«

»Ganz okay.«

»Und das Haus?«

»Auch okay.«

»Hast du schon mit dem Schreiben begonnen?«

»Ja.«

»Und wie läuft es?«, bohrt er nach, um das Gespräch anzukurbeln, aber ich bemerke sofort, wie genervt ich von seiner bloßen Existenz bin, und antworte erneut einsilbig.

Vielleicht ist es unfair, ihm das nicht zu sagen – auf eine nette Weise natürlich – und diese Beziehung mehr oder weniger aufrechtzuerhalten, aber mein großes Problem ist, dass ich nicht allein sein möchte. Nicht immer zumindest. Ich bin schnell einsam und finde es schön, zu wissen, dass jemand da ist, auf den man in diesen Augenblicken zurückgreifen kann.

Außerdem hat sich zwischen uns eine selbstzerstörerische Gewohnheit eingeschlichen – seit wir uns vor zwei Jahren kennengelernt haben, verbringen wir jedes Wochenende miteinander und telefonieren abends vor dem Schlafengehen. Selbst, wenn wir uns mal wieder trennen, weil wir über all unsere unterschiedlichen Ansichten und Zukunftsvorstellungen streiten, hören wir uns täglich und sehen uns kurz darauf schon wieder. Was folgt ist ein weiterer Streit, lahmer Versöhnungssex, eine kurze Phase der Euphorie zwischen uns, und das Ganze geht von vorne los.

Ja, vermutlich ist es unfair, diese Sache nicht endlich zu beenden. Zu meiner Verteidigung muss ich sagen, dass ich es schon oft versucht habe, Pete jedoch nie lockerlässt. Er bearbeitet mich so lange und hartnäckig, bis ich nachgebe und wieder in unsere beschissene Routine verfalle.

»Du hast wirklich vor, das durchzuziehen«, meint er schließlich erstaunt, und ich erkenne einen beunruhigten Unterton in seiner Stimme. »Du möchtest, dass wir uns wochenlang nicht sehen oder hören.«

Das ist zum Teil ein Versuch, diese Beziehung zu beenden. Ich dachte mir, dass uns eine Pause guttäte, damit wir die Dinge zwischen uns klarer betrachten können. Damit wir uns beide darüber Gedanken machen können, was wir im Leben wollen und brauchen. Wenn wir uns voneinander entwöhnen, ist die

Chance groß, dass Pete einsieht, dass wir keine Zukunft miteinander haben und ich allein zu sein lerne.

Ich halte es für die schmerzloseste Weise, um endgültig einen Schlussstrich unter unsere ungesunde Beziehung zu ziehen.

»Wir brauchen diesen Abstand voneinander«, erkläre ich ihm zum gefühlt eintausendsten Mal. »Und du solltest ihn dafür nutzen, um wieder mehr zu dir selbst zu finden. So wie ich. In letzter Zeit ziehen wir einander nur runter, Pete. Ich hatte nicht einmal den Kopf frei, um meinem Job nachzugehen.«

»Ich glaube nicht, dass das die Lösung für unser Problem ist«, erwidert er beleidigt. Seine Lösung kenne ich bereits: Alle Probleme unter den Teppich kehren und einfach unbeirrt weitergehen, wenn man darüber stolpert.

»Hör mal, ich bin gerade am Schreiben und sollte jetzt weitermachen«, wimmele ich ihn ab, da ich absolut keine Lust auf eine Diskussion mit ihm habe. Wofür bin ich hierhergekommen? Unter anderem, um genau dem zu entkommen. »Ich melde mich bei dir.«

»Wann?«, drängt er.

Ich schnaube leise. Er klammert viel zu sehr – ein weiteres Problem zwischen uns. »Bald.« Ich lege auf.

Das war nicht unbedingt die charmanteste Weise, das Gespräch zu beenden, aber zielführend. Pete raubt mir in letzter Zeit jegliche Nerven und droht nun die innere Ausgeglichenheit, die ich seit meiner Ankunft hier empfinde, zu zerstören.

Ich schalte das Handy aus, um zu verhindern, mich von seinen Nachrichten ablenken zu lassen, die er mir gleich in einem Anflug von Streitlust schreiben wird, und kehre zurück zur Couch. Mit dem Laptop auf meinem Schoß mache ich es mir bequem und öffne das Word-Dokument mit meinem neuen Kurzroman. Einen Titel dafür habe ich noch nicht, und so findet man es aktuell unter dem Namen ›Eine hoffentlich geile Story‹.

Kaum lege ich die Finger an die Tastatur, geht der Akku leer. Ich fluche und erhebe mich wieder von der Couch. Genervt stampfe ich nach oben, um das Ladegerät zu holen, und auf halbem Weg geht plötzlich das Licht im Haus aus.

Wie erstarrt bleibe ich stehen und sehe mich unbehaglich in der Dunkelheit um.

Jetzt ist doch wohl nicht der Strom ausgefallen, oder?

Leider bestätigt sich meine Befürchtung, als ich nach oben laufe und auf alle Lichtschalter einschlage, sich jedoch nichts tut. Im Haus bleibt es weiterhin finster und totenstill, und sofort beginne ich, mich zu gruseln. *Hilfe.*

Ohne nachzudenken laufe ich wieder nach unten und schnappe mir mein Handy. Ich schalte es ein, ignoriere all die Nachrichten von Pete, die in der Statusleiste aufblitzen, und wähle die Nummer der

Maklerin. Nach mehrmaligem Läuten meldet sich ihre Mailbox.

Verdammt!

Die Visitenkarte vom Besitzer des Elektronikladens habe ich entweder verlegt oder verloren. Sie war nicht mehr in meiner Handtasche, als ich gestern vom Einkauf zurückgekehrt bin. Jetzt bleibt mir nichts anderes übrig, als zu meinem Serienmörder-Nachbarn zu gehen und ihn um Hilfe zu bitten. Dabei hat er mir doch ausdrücklich zu verstehen gegeben, dass ich mich von seinem Haus fernhalten soll.

Da ich keine andere Wahl habe, als mich dem Befehl zu widersetzen, steige ich in meine Sneakers und verlasse mit meinem Handy das Haus. Ich laufe in den Baggy Pants und dem schulterfreien Top auf den Schotterweg zu und aktiviere die Taschenlampe auf meinem Handy, um die Abzweigung durch den Wald zu beleuchten, in dem es noch finsterer ist als im Haus.

Schon nach drei Minuten Gehzeit entdecke ich sein Haus in der Ferne. Es sieht meinem ganz ähnlich, auch wenn es irgendwie düsterer wirkt. Ich kann Licht hinter den Fenstern im unteren Stockwerk erkennen und atme erleichtert auf. Der Mann ist also zu Hause. Ein Glück.

Sofern er vorhat, mir tatsächlich zu helfen.

Mit dem Vorsatz, mich nicht abwimmeln zu lassen, klopfe ich an seine schwarz gestrichene Haustür. Als nach einer vollen Minute immer noch niemand öffnet, trete ich vor eines der Fenster und spähe hindurch. Ich kann ein paar Möbel aus dunklem Holz erkennen und einen Fernseher, der jedoch ausgeschaltet ist. Auf der Kommode, auf der er steht, befinden sich Zigarren und ein Aschenbecher.

Ich kneife die Augen zusammen und drehe den Kopf, um in die andere Hälfte des Wohnraumes zu blicken, als ich plötzlich von hinten gepackt und herumgewirbelt werde.

Ein erschrockener Schrei löst sich aus meiner Kehle, doch ich verstumme augenblicklich, als ich in ozeanblaue Augen blicke, die mich finster anfunkeln.

»Was machen Sie hier?«, grollt der Mann sichtlich aufgebracht und mustert mich in meinen Klamotten.

»Ich … ich habe Sie gesucht«, stammele ich nervös. Als er mich bloß anstarrt, als wolle er mir den Kopf abreißen, schlucke ich belegt und erkläre kleinlaut: »Der Strom im Haus ist ausgefallen und ich weiß nicht, was ich jetzt machen soll.«

Er seufzt schwer und macht unvermittelt einen großen Schritt auf mich zu, wodurch ich automatisch einen noch größeren zurück mache. Ich stoße mit dem Rücken am Fenster an und atme hektischer, als er eine Hand seitlich meines Kopfes darauf abstützt und fragt: »Habe ich Ihnen nicht gesagt, dass Sie sich von meinem Haus fernhalten sollen?«

Ich blinzele. »Aber der Strom in meinem ist ausgefallen.«

»Haben Sie den Sicherungskasten überprüft?«

»Den … was?«, frage ich verdutzt. Jetzt komme ich mir blöd vor. »Ich bin davon ausgegangen, dass der Strom aus einem dieser Dinger, die mit Öl oder Benzin laufen, kommt.«

Der Mann sieht mich an, als hätte ich den Verstand verloren, und nur noch ein hoch angesehener Psychiater könnte mir dabei helfen, ihn wiederzufinden. »Wir befinden uns hier nicht in der Wüste. Dachten Sie etwa auch, dass Sie meilenweit für einen Eimer Wasser laufen müssen?«

Ich beiße mir bloß peinlich berührt auf die Unterlippe.

»Hat Ihnen die Maklerin den Sicherungskasten nicht gezeigt?«, will er streng wissen.

»Ähm …« Ich räuspere mich, da meine Stimme wie eine Fahrrad-Kette klingt, die lange nicht mehr geölt wurde. »Sie hat schon etwas über den Strom erwähnt, aber … ich habe es nicht wirklich verstanden.«

»Sie meinen, Sie haben nicht wirklich zugehört.«

»Oder so«, bestätige ich ihm und klimpere unschuldig mit den Wimpern. Ist das tatsächlich so verwerflich? Würde ich mich für Elektrizität interessieren, wäre ich Elektriker geworden.

»Dann rufen Sie sie an. Sie wird Ihnen sagen, wo sich der Sicherungskasten befindet.«

»Sie ist nicht auf dem Handy erreichbar.«

»Dann rufen Sie jemand anderen an.«

»Ich kenne hier doch aber niemanden«, verteidige

ich mich. »Und was, wenn irgendetwas kaputt ist? Ich bin kein Elektriker.«

»Ich auch nicht.«

»Aber Sie wüssten sicher, was in solch einem Fall zu tun ist«, entgegne ich überzeugt.

»Jeder in diesem Dorf würde Ihnen liebend gerne helfen«, presst er rau vor meinem Gesicht hervor und betrachtet es mit einem feurigen Ausdruck in den Augen. »Jeder außer mir. Warum also wenden Sie sich genau an mich?«

»Weil Sie gleich nebenan wohnen«, erwidere ich mit piepsiger Stimme.

Der Mann zieht die dichten Augenbrauen zusammen und starrt mich dunkel an. Mein Herz rast und mein Puls wandert in einen immer höheren Bereich. Er ist so einschüchternd, dass mein Höschen prompt feucht wird.

Als er sich vom Fenster abstößt und zurückweicht, atme ich schwer aus und flehe ihn still an, mir zu helfen.

Unverkennbar genervt wendet er sich ab und marschiert in Richtung des Waldes.

»Also helfen Sie mir?«, rufe ich hoffnungsvoll.

»Werde ich Sie wieder los, wenn ich es nicht tue?«, ruft er trocken zurück, ohne mich anzusehen.

Ich lächele erleichtert und folge ihm mit schnellen Schritten in den Wald. Wie ein Bär marschiert er hindurch, die breiten Schultern gestrafft, den Rücken durchgebogen. Seine Schritte sind groß und schwer, und ich habe Mühe damit, neben ihm herzulaufen. Er würdigt mich keines Blickes, sieht nur starr geradeaus.

»Liegt es an mir, dass Sie mich nicht mögen?«, traue ich mich, ihn zu fragen, woraufhin er mich flüchtig von der Seite ansieht, bevor er den Blick wieder nach vorne richtet und uns in Schweigen hüllt. »Oder sind Sie zu jedem so?«

»Wie?«

»Ein Arsch.« Als er abrupt stehen bleibt und mich finster anblickt, setze ich ein süßliches Lächeln auf und korrigiere mich rasch: »Abweisend, meine ich.«

»Tatsächlich bin ich immer so«, lässt er mich nüchtern wissen, bevor er sich wieder in Bewegung setzt.

Ich halte mich nur mühevoll davon ab, noch etwas von mir zu geben, da ich befürchte, er würde dann einfach kehrtmachen und mich mit dem Stromproblem allein lassen.

Als wir endlich mein Haus erreichen, steigt er die Stufen zur Veranda hinauf und tritt unbeirrt ein. Ich folge ihm nervös und laufe knallrot an, als er mit einer gehobenen Augenbraue auf einen kleinen, weißen Kasten an der Wand unmittelbar neben der Tür zeigt. Der ist mir bislang nie aufgefallen.

»Ups«, murmele ich und lächele entschuldigend.

Der Mann schüttelt den Kopf und ich bin froh, dass er seine Gedanken für sich behält. Bestimmt will ich gar nicht wissen, was er über mich denkt. Dann reißt er das kleine Türchen des Sicherungskastens auf und drückt einen der vielen Schalter nach oben. Sogleich flackert das Licht auf.

Mein Kopf glüht vor Scham, als stünde er in Flammen.

»Der Schalter ist locker«, lässt mich der Mann wissen und erspart sich jeden weiteren Kommentar über die peinliche Situation und meine Inkompetenz. »Befestigen Sie ihn am besten mit Klebeband, dann bleibt der Strom an.« Mit diesen Worten wendet er sich zur Tür.

»Könnten Sie mir noch einmal zeigen, welcher Schalter genau ...« Ich verstumme, als er laut schnaubt und sich im Raum umsieht.

»Stift.«

»Wie bitte?«

»Geben Sie mir einen verdammten Stift«, befiehlt er mir ungeduldig.

Schnell husche ich in die Küche und wühle in meiner Handtasche. Ich finde bloß einen pinken Glitzerstift, den er irritiert beäugt, als ich ihn ihm reiche.

Wortlos nimmt er ihn mir ab, beißt in die Kappe und markiert den Schalter mit einem X, sodass ich ihn jederzeit als den lockeren identifizieren kann.

»Danke«, sage ich leise, woraufhin er nur nickt. Ich nehme ihm den Glitzerstift wieder ab und trete beiseite, damit er das Haus verlassen kann. Als er die Hand nach der Tür ausstreckt, reagiere ich jedoch impulsiv und greife danach.

Seine blauen Augen treffen auf meine und verdunkeln sich gefährlich.

Mich räuspernd ziehe ich die Hand weg, als hätte ich mich verbrannt. »Tut mir leid, dass ich Sie damit belästigt habe. Ich ... ich backe Ihnen als Dank einen Kuchen, wenn Sie möchten.«

Woher zur Hölle kam das denn? Ich kann nicht einmal backen.

»Ich will keinen Kuchen«, erwidert er heiser.

Gott sei Dank. Die Blöße, ihm einen gekauften Kuchen vor die Nase zu stellen, den er bestimmt als diesen enttarnen würde, möchte ich mir nur ungern geben müssen.

Der Gedanke verflüchtigt sich, als er einen Schritt auf mich zu macht. Ich schlucke schwer und lege den Kopf in den Nacken, um in sein markantes Gesicht aufzusehen. Der Duft von Seife und Zigarren steigt mir in die Nase.

»Was ich wollte, war, dass Sie sich von mir fernhalten«, presst er düster hervor.

Meine Lider flattern wild, als ich ihn korrigiere: »Von Ihrem Haus.«

»Wenn ich mich darin befinde«, stellt er klar, den Blick unverwandt auf meine Augen gerichtet.

»W-w-w-arum?«, stottere ich.

»Darum.« Noch ein Schritt folgt, und nun steht er so dicht vor mir, dass wir dieselbe Luft einatmen.

Ich halte den Atem an und spüre, wie es allein aufgrund der Nähe zu diesem Mann in meinem ganzen Körper zu kribbeln beginnt. Die schwelende Flamme der Begierde lodert in meinem Bauch auf und lässt noch mehr Hitze in meinen Wangen aufsteigen. Meine Kehle wird staubtrocken.

»Aber ... das verstehe ich nicht«, kommt es stockend über meine Lippen.

Er starrt mich an. Seine blauen Augen stürmen und halten meine Aufmerksamkeit ganz ohne sein Zutun gefangen. Die Luft zwischen uns läuft vor elektrisierter Spannung förmlich über. Ich könnte schwören, es knistern zu hören, als er auch den letzten Abstand zwischen uns überbrückt und mich mit seinem breiten Körper gegen die Wand drückt.

Ich schnappe nach Luft und lasse den Glitzerstift fallen.

Der Mann kesselt mich mit seinen starken Armen zwischen sich und der Wand ein und beugt den Kopf so nah zu meinem Gesicht hinunter, dass mich sein warmer Atem auf der Wange streift, als er raunt: »Du willst mir gar nicht zu nah kommen, glaube mir. Das ist ein gut gemeinter Rat, den du besser befolgen solltest, Sara.«

Die Art, wie er meinen Namen ausspricht, löst ein Flattern in meiner Magengegend aus. Gleichzeitig beginnt es zwischen meinen Schenkeln zu pochen. Angst und Verlangen kämpfen in mir um die Vorherrschaft – etwas, das noch nie zuvor der Fall war. Diese beiden Empfindungen gehören nicht zusammen, treten nie gemeinsam auf. Doch dieser Anflug von

Furcht in meiner Brust ist jedoch nicht, wie man erwarten sollte, ein Auslöser für Panik.

Sondern für Erregung.

Gott, mir schwirrt der Kopf.

»Vielleicht will ich ihn aber nicht befolgen«, höre ich mich plötzlich flüstern. »Vielleicht tue ich nicht gerne, was andere Menschen mir sagen.«

»Dann solltest du dich erst recht von mir fernhalten«, sagt er und es klingt, als müsse er gegen einen Widerstand in seinem Rachen ankämpfen, so rau und gedämpft kommen die Worte aus seinem Mund.

Was als Nächstes geschieht, kann ich kaum erklären. Ich bin mir nicht einmal sicher, wer von uns beiden es initiiert.

Möglicherweise bilde ich mir bloß ein, dass er seinen stählernen Körper bewusst gegen meinen presst, um mich seine Erektion spüren zu lassen, oder aber ich kralle grundlos eine Hand in seine Brust und keuche, was ihn dazu veranlasst, meinen Mund mit einem Knurren zu verschließen.

Seine Zunge drängt sich zwischen meine Lippen, bittet nicht um Einlass. Sie erobert meinen Mund und bestraft mich eher, als mich zu liebkosen. Dennoch entfährt mir ein Stöhnen, und ich gewähre ihr widerstandslos den Einlass.

Meine Knie werden mit einem Mal ganz weich und zittrig, während ich mich an seinen harten Schultern festhalte und seinen ungestümen Kuss über mich ergehen lasse. Es stört mich nicht im Geringsten. Auch nicht, dass er grob ist, als er seine große Hand auf meine Brust legt und seine Finger sich in meinem zarten Fleisch vergraben. Und ebenso wenig, dass er mir kaum Raum zum Atmen lässt, während er mich mit seinem großen Körper an die Wand pinnt, sodass ich keinerlei Ausweichmöglichkeit habe.

Dann löst er sich plötzlich von mir, wirbelt mich herum, und drückt mich mit dem Gesicht voraus an die Wand. Ich keuche auf und frage mich, was zum Teufel hier gerade geschieht.

Mit einem unsanften Ruck reißt er die lockere Hose samt meinem Höschen von meinen Beinen und drängt sein Knie dazwischen, sodass ich diese für ihn spreizen muss. Er packt meine Arme, zieht sie hinter meinen Rücken, und hält sie mit einer Hand an den Handgelenken zwischen uns fest, wodurch ich mich kaum noch bewegen kann.

Dann höre ich, wie er seine Gürtelschnalle öffnet, und nehme gleich darauf eine ruckartige Bewegung hinter mir wahr.

Und dann spüre ich ihn. Haut trifft auf Haut, Hitze trifft auf Hitze. In meinem Kopf wird es immer schwammiger, ich kann keine klaren Gedanken mehr fassen.

Er bereitet mich nicht darauf vor oder versichert sich, dass es das ist, was ich möchte, als er seine stahlharte Erektion zwischen meinen Schenkeln reibt und danach an meinem pochenden Eingang positioniert. Die Nässe, die seinen Schaft ummantelt, verrät ihm wohl, dass ich nicht einmal Einwände gegen das, was gleich geschehen wird, hervorbringen würde, würde man mir eine Pistole an die Schläfe setzen. Er verschwendet auch keine Zeit mit einem Vorspiel oder sagt überhaupt auch nur ein Wort, bevor er seine gesamte Länge in einer fließenden Bewegung in mir vergräbt.

Ich stöhne gleichzeitig vor Überraschung und Lust auf. Alles in mir zieht sich verlangend zusammen, während meine Beine wie wild zittern. Impulsiv will ich die Arme nach vorne bewegen, um mich an der Wand abzustützen, doch sein harter Griff um meine Handgelenke verhindert das gekonnt. Eisern hält er meine Arme hinter dem Rücken fest und fängt an, in mich zu stoßen.

»Oh Gott«, entfährt es mir mit bebender Stimme, während meine Wange grob an die Wand gedrückt wird. Sie reibt bei jedem seiner schnellen Stöße darüber, fühlt sich schon bald wund an. So wie meine Mitte, die er beinahe strafend hart bearbeitet.

Er fickt mich, als wäre er ein wildes Tier; als wäre er betrunken oder manisch. Als hätte er seit einer Ewigkeit keine Frau mehr gespürt und es hätte sich dementsprechend viel bei ihm angestaut. Immer schneller und härter versenkt er sich in mir, presst mich gegen die Wand und keucht bei jedem Stoß leise auf, fast gequält.

Ich schließe flatternd die Augen und gebe mich den Empfindungen, die seine lieblose Penetration in mir auslöst, vollends hin. Da ist nichts Rücksichts-volles oder Sanftes an der Art, wie er mich nimmt. Sie ist einzig und allein egoistisch.

Und genau das ist der Grund, warum ich wenige Augenblicke später schon an der Schwelle zu einem Orgasmus stehe, der mich zu zerschmettern droht. Je härter er sein Becken gegen mich knallt, desto lauter stöhne ich auf, und je wilder er in mich pumpt, desto mehr steigt der Druck in meinem Unterleib, bis er sich ohne Vorwarnung entlädt.

Mit einem Schrei komme ich zum Höhepunkt und verkrampfe mich dabei am ganzen Körper. Meine Zehen rollen sich auf dem Boden ein, und Schwärze kriecht in mein Sichtfeld. Benommen und schwindelig zucke ich noch ein paar Mal, während sich meine inneren Muskeln rhythmisch um seine erbarmungslose Länge verkrampfen, bis ich schlaff in seinem Griff werde.

Im selben Moment gibt er ein Knurren von sich und lässt meine Arme los. Er packt mich am Haar, reißt meinen Kopf zurück, und beißt in mein Ohrläppchen, bevor er sich mit drei harten Stößen tief in mir entlädt.

Ich wimmere schmerzerfüllt. Seine Muskeln zucken an meinem Rücken, während sein Schwanz in mir pulsiert. Sein abgehackter Atem streift meine Wange, bevor sein dichter Bart darüber kratzt und mich auch hier wund zurücklässt, als er aus mir gleitet.

Sein warmes Sperma tropft spürbar aus meiner Öffnung.

Zwischen meinen Schenkeln pocht es, meine Handgelenke sind beleidigt und meine Kopfhaut brennt von seinem rabiaten Griff in meinem Haar. Mein Körper fühlt sich fiebrig und … auf die schönste Weise benutzt an, die ich mir vorstellen könnte. Das hier kommt nicht einmal einer meiner kühnsten Fantasien nah, zumal roher und animalischer Sex mit einem Wildfremden in der Realität um einiges aufregender ist, wie ich feststelle.

Ich wage es nicht, mich zu meinem Nachbarn umzudrehen oder gar meine Hose hinaufzuziehen. Reglos verharre ich an der Wand und warte darauf, was als Nächstes geschieht.

Ich höre, wie er seine Hose und Gürtelschnalle schließt, und bemerke, vor Aufregung scheppernde Knie zu haben, als er sich hinter mir bewegt.

In mir regt sich der Wunsch, diese Sache gleich noch einmal zu wiederholen.

Doch er scheint zufrieden mit dem zu sein, was er bekommen hat, und nicht so gierig wie ich, gleich nach noch mehr zu verlangen, da er, ohne ein einziges Wort zu verlieren, das Haus verlässt.

KAPITEL 4

Über eine Woche ist seit meiner Ankunft in Maragoo vergangen und ich bin mit meiner neuen Kurzgeschichte fertig. Ich hatte Wochen dafür eingeplant, allerdings nicht, dass mir ein lebendiger Mann die Vorlage für meinen Protagonisten liefern und ich die Hauptdarstellerin meiner eigenen Geschichte sein würde. Zwar musste ich einiges dazu dichten, jedoch hat mir der kleine … Vorfall letzte Woche maßgeblich beim Fortsetzen der Story geholfen.

In meinem Buch zieht die Protagonistin aufs Land und trifft dort auf einen schweigsamen Einsiedler. Obwohl die beiden absolut nichts voneinander wissen, ist die Anziehung zwischen ihnen so stark, dass sie sich Hals über Kopf ineinander verlieben. Erst haben sie natürlich jede Menge schmutzigen und rohen Sex. Die Anzahl der dabei zum Einsatz kommenden Sextoys erscheint mir etwas besorgniserregend, aber ich war inspiriert von meinem eigenen Vibrator, der mir seit meiner Ankunft fast täglich im Bett Gesellschaft leistet. Die erste Sexszene gibt genau das wieder, was zwischen meinem Nachbarn und mir vorgefallen ist. Bis ins kleinste Detail.

Ob es den Mann stören würde, wenn er wüsste, dass ich zu Papier gebracht habe, was zwischen uns passiert ist? Vermutlich nicht. Sollte dem doch so sein, ist es auch belanglos. Er wird es ohnehin nie erfahren.

Ich bin mir nicht einmal sicher, ob ich ihn je wiedersehe, denn im Gegensatz zu mir scheint er sich nicht auf eine Wiederholung dieses Abends zu freuen. Gleich am nächsten Morgen hat er die Stadt verlassen. Zumindest hat mir das die Pfarrerstochter erzählt, als ich sie an jenem Tag im Diner getroffen habe, und gesehen habe ich ihn seither tatsächlich auch nicht mehr.

Sie meinte zwar, dass der Mann, dessen Vornamen ich immer noch nicht kenne, öfter mal für ein paar Tage wegfährt, dennoch … Ist das nicht ein sehr komischer Zeitpunkt, um die Stadt zu verlassen? Erst vögelt er mich wie ein Irrer und dann macht er sich wortlos aus dem Staub.

Zu gehen, ohne ein Wort zu sagen, scheint eine blöde Angewohnheit von ihm zu sein.

Den Kratzer auf meinem Ego konnte ich allein aufgrund der Tatsache, dass er mir unwissentlich beim Schreiben meines Buches geholfen hat, verkraften.

Trotzdem wurmt es mich, dass er sich wie ein Arschloch verhält.

Andererseits kann ich ihm auch nichts vorwerfen. Ich schätze, so läuft es wohl heutzutage bei One-Night-Stands ab. Man vögelt und sieht sich nicht wieder. Ist sich keine Rechenschaft oder gar einen Anruf am nächsten Morgen schuldig.

Zumal er nicht einmal im Besitz meiner Handynummer ist. Es würde mich auch gar nicht wundern, wenn er gar kein Handy besäße.

Für heute habe ich mir vorgenommen, einen freien Tag einzulegen, bevor ich mich direkt der nächsten Story widme, und so mache ich mich erst auf den Weg in den Supermarkt, ehe ich meine schmutzige Wäsche in die Reinigung bringe und den einzigen beiden Bekleidungsgeschäften einen Besuch abstatte. Zu meiner Verwunderung entdecke ich dort sogar ganz hübsche Teile, die ich mir zur Belohnung für meinen Fleiß gönne. Weil meine Wäsche noch ein Weilchen braucht, bis sie fertig ist, besuche ich anschließend das Diner neben der Reinigung.

Die Besitzerin, Wilda, kennt mich schon vom letzten Mal und winkt mich grinsend zu sich. Eher widerwillig nehme ich auf einem der Hocker vor dem Tresen Platz und hoffe insgeheim, die alte Frau wird mich heute mit weniger Fragen löchern als vor ein paar Tagen. Da die meisten Tische besetzt sind, ist es vermutlich sogar besser, allein am Tresen zu sitzen.

»Na, wie läuft's?«, fragt sie mich neugierig. »Geht das Schreiben voran?«

»Tatsächlich habe ich mein Buch gestern Abend beendet«, erzähle ich ihr ein klein wenig stolz. Mit großen Augen sieht sie mich an. »Ich schreibe aber auch keine Wälzer, sondern Kurzromane.«

»Na, das nenne ich trotzdem eine Leistung!« Sie klatscht grinsend in die Hände. »Das muss gefeiert werden.«

»Oh, nein!«, winke ich rasch ab, als sie das ganze Diner darauf aufmerksam machen will, dass es einen Grund zum Feiern gibt. Von irgendwoher hat sie sogar schon eine Flasche Sekt griffbereit. »Ein Kaffee reicht vollkommen.«

»Na gut«, erwidert sie sichtlich enttäuscht und wendet sich der alten Kaffeemaschine zu. Wie beim letzten Mal streikt diese eine volle Minute lang und gibt verdächtige Geräusche von sich, bevor der Kaffee in die Tasse fließt. »Möchtest du wenigstens einen Blaubeer-Muffin dazu haben? Der geht aufs Haus.«

Ich lächele. »Ein Muffin geht immer. Danke.«

Nun wieder zufrieden, grinst sie und reicht mir einen der Muffins auf einer Serviette. Ich pule ein paar Stückchen davon ab und stecke sie mir in den Mund, während ich auf meinen Kaffee warte. Währenddessen klingelt hinter mir die Türglocke.

»Tag«, höre ich ein paar Leute im Chor sagen, doch sie erhalten keine Antwort. Wilda stellt mir die

Tasse Kaffee vor die Nase und sieht mit einem Lächeln an mir vorbei zu dem neuen Gast.

»Dasselbe wie immer?«, fragt sie höflich, doch ihren Augen fehlt das ehrliche Funkeln, das sie sonst tragen. Erst da bemerke ich, wie ruhig es im Laden geworden ist.

Und atme den Geruch von Seife und Zigarren ein.

Mit einem Mal verdreifacht sich mein Puls, meine Augen weiten sich, und meine Knie werden ganz zittrig.

Shit. Das ist *er*.

»Dasselbe wie immer«, vernehme ich seine unverkennbar raue Stimme viel näher als erwartet. Da schwindet auch meine letzte Hoffnung, der neue Gast könnte jemand anderes als mein One-Night-Stand alias Serienmörder-Nachbar sein.

Die Besitzerin des Diners nickt nur und marschiert zu dem kleinen Fenster, das einen Blick in die Küche gewährt, um ihrem Mann lauthals die neue Bestellung zuzurufen. *Cheeseburger mit Bacon, Bratkartoffeln und extra saure Gurken.* Dann macht sie sich daran, einen Literbecher mit dem hausgemachten Eistee zu füllen, den ich letztens schon gekostet habe. Da das Zeug zuckerfrei ist, habe ich es unauffällig zurück ins Glas gespuckt und dieses danach unabsichtlich umgeworfen.

Ich sitze wie paralysiert da und wage es nicht, mich umzudrehen, geschweige denn auch nur in seine Richtung zu schielen.

Weshalb es für mich furchtbar unangenehm ist, als er sich plötzlich unmittelbar neben mich an den Tresen lehnt und mich anstarrt.

Schwer schluckend und scharlachrot angelaufen wende ich den Kopf in seine Richtung und erwidere seinen Blick möglichst neutral. Doch sobald mein Blick auf seine ozeanblauen, stürmischen Augen trifft, bröckelt meine selbstsichere Fassade.

»Hallo«, sagt er leise, wodurch seine Stimme noch tiefer und automatisch erotischer klingt.

Ich presse die Schenkel zusammen und schenke ihm ein verkrampftes Lächeln. »Ha-allo.«

Und damit endet unser Gespräch auch schon. Er betrachtet mich noch kurz gedankenverloren, bevor er den Blick von mir abwendet und sein Getränk entgegennimmt.

Als Wilda sich zu uns an den Tresen gesellt, stößt er sich davon ab und tritt einen Schritt zurück. Unmissverständlich – er hat keine Lust auf ein Gespräch. Offensichtlich liegt es jedoch an ihr, nicht mir.

»Das Essen ist gleich fertig«, lässt sie ihn wissen, woraufhin er bloß nickt. Als ihr Mann die Klingel betätigt, geht sie zu ihm und nimmt ihm die Tüte mit dem Logo des Diners ab. Danach schiebt sie diese wortlos über den Tresen und sagt knapp: »Ich schreibe es auf deine Rechnung.«

Mein schweigsamer Nachbar nickt, nimmt die

Tüte an sich und blickt mich ein letztes Mal an, bevor er wortlos das Diner verlässt.

Wilda verdreht die Augen. »Ich kann den Kerl nicht leiden.«

»Warum nicht?«, frage ich, obwohl die Antwort darauf auf der Hand liegt.

»Er spricht nie«, erwidert sie seufzend. »Das ist seltsam. Mit dem ist irgendetwas faul, da bin ich mir sicher.«

»Vielleicht ist er einfach kein sozialer Mensch«, spreche ich meine Vermutung laut aus.

»Ne.« Sie bildet eine Blase mit ihrem Kaugummi und lässt sie in der Luft vor ihrem Mund platzen. »Da steckt mehr dahinter. Der Kerl lebt seit drei Jahren hier und hat noch mit niemandem wirklich Bekanntschaft geschlossen. Wer hat heutzutage denn nicht mindestens einen Freund?«

Ich, will ich sagen, behalte es aber für mich. Nicht, dass sie auch noch über mich herumerzählt, dass irgendetwas mit mir faul sei.

Einerseits kann ich sie verstehen, denn für gewöhnlich hat jeder Mensch Freunde oder wenigstens gute Bekannte, mit denen er sich regelmäßig trifft. Doch andererseits verstehe ich auch, warum man lieber für sich bleiben möchte.

Vermutlich hänge ich deswegen an der Beziehung zu Pete, weil ich keine richtigen Freundinnen habe, mit denen ich stattdessen Zeit verbringen könnte. Seit meine letzte richtige Freundin jedoch mit meinem allerersten Freund durchgebrannt ist, kann ich getrost auf neue Freundinnen verzichten. Es ist besser, wenn man niemanden zu nah an sich heranlässt. Ob Freundin oder Partner.

»Ich sollte mich dann auch mal auf den Weg machen«, sage ich und rutsche vom Barhocker. Ich trinke den Kaffee aus und stecke den Muffin in meine Tasche, bevor ich fünf Dollar auf den Tresen lege und Wilda anlächele. »Schönen Abend noch.«

»Dir auch, und gratuliere noch einmal zum beendeten Buch!«, ruft sie mir hinterher.

Ich erwidere das Lächeln der anderen Gäste, die mir neugierig hinterhersehen, und verlasse das Lokal zur Reinigung, aus der ich meine frische Wäsche abhole. Danach spaziere ich zum Parkplatz des Diners, auf dem mein Wagen steht.

Als ich hinter dem Steuer sitze, klingelt mein Handy, doch ich ignoriere den Anruf, weil ich mir sicher bin, dass er von Pete ist. Er versucht seit gestern, mich zu erreichen, und überschreitet dabei jede Grenze des Akzeptablen. An die zwanzig Mal hat er mich angerufen; nicht zu vergessen die vielen Nachrichten, die er mir zwischen seinen Anrufen geschickt hat. Sogar aus dieser Entfernung schafft er es, mich einzuengen.

Ich werde wohl tatsächlich mit ihm Schluss machen. Ein für alle Mal. Dass ich mit einem anderen Mann geschlafen habe, behalte ich jedoch für mich. Es ist nicht von Bedeutung. Ich könnte ihm auch nicht erklären, wie es dazu kam, da ich es selbst nicht verstehen kann, und bin außerdem der Meinung, dass ich ihm keine Rechenschaft schuldig bin. Vor meiner Abreise haben wir offiziell eine Beziehungspause eingelegt. Ich habe ihn sogar dazu animiert, auszugehen und andere Frauen kennenzulernen.

Demnach kann man mir keinen Vorwurf machen.

Ich fahre zurück zum Haus und sehe mich dabei wie unbewusst nach einem blauen Pick-up um, den ich jedoch nirgendwo auf den Straßen entdecken kann. Mein Nachbar scheint schon zu Hause zu sein. Warum ich wieder an ihn denke, weiß ich nicht. Der Mann spukt mir wie ein Gespenst im Kopf herum, seit wir ... uns auf diese unkonventionelle Weise näher kennengelernt haben.

Als ich an der Abzweigung zu seinem Haus vorbeifahre, denke ich plötzlich an meinen Einkauf und stutze. Ich hinterfrage erst gar nicht, warum ich bremse, den Rückwärtsgang einlege, und danach vom Schotterweg abfahre, bis ich vor seinem Haus zum Stillstand komme.

Ich parke direkt hinter seinem blauen Pick-up, greife nach hinten zur Rückbank und wühle in der Einkaufstüte, bis ich fündig geworden bin. Dann steige ich aus und husche zur Veranda.

Ich bücke mich gerade, um den Schokoladenkuchen vor der Haustür abzulegen, da schwingt diese plötzlich auf und ich mache einen erschrockenen Satz nach hinten.

Mein Nachbar starrt mich schweigend an.

Ich starre verlegen zurück.

Sein Blick gleitet zu meinen Händen, die den Kuchen wie einen Rettungsanker umklammern. Er wird schon ganz matschig zwischen meinen Fingern.

»Was ist das?«, will er trocken wissen.

»Kuchen«, krächze ich.

Wie beim letzten Mal auf der Veranda sieht er mich an, als wäre ich eine Irre, die aus einer Anstalt entlaufen ist. »Und warum willst du mir einen Kuchen vor die Haustür legen?«

Ich räuspere mich. »Als Dankeschön für deine Hilfe letztens … Mit dem Strom.«

Er starrt mich bloß an.

Mein Blick zuckt zu seinem sinnlichen Mund, dann zu seinem dichten Bart. Das Bedürfnis, seine Lippen und kratzigen Stoppeln auf meiner Haut zu spüren, kommt aus dem Nichts, und sofort vernehme ich ein sanftes Ziehen in meinem Schoß.

Ohne es verhindern zu können, schweift mein Blick an seinem Körper in den lässigen Klamotten herab. Er trägt dunkle, tiefsitzende Jeans, ein einfaches schwarzes Shirt, das sich an seine Brustmuskeln schmiegt, und ein offenes Holzfällerhemd darüber. Dieses hat er an den Ärmeln hochgekrempelt, und der Anblick seiner kräftigen und gebräunten Arme lässt meine Kehle trocken werden. Sein dunkles Haar ist wie immer wild zerzaust. Am liebsten würde ich es noch mehr durcheinanderbringen.

Als ich bemerke, dass er die Stirn runzelt, räuspere ich mich erneut und sehe wieder in sein Gesicht auf. »Ich sagte doch, dass ich dir als Dank einen Kuchen backe.«

Zum ersten Mal glaube ich, so etwas wie Belustigung in seinen Augen zu erkennen. »Der ist aber gekauft.«

»Ja, was das angeht … Ich kann nicht backen.« Ein entschuldigendes Lächeln zupft an meinen Mundwinkeln.

»So, so«, macht er und mustert mich auf eine Weise, die meinen Körper wie unter Strom stehen lässt. Ohne Vorwarnung macht er einen Schritt auf mich zu, und ich stolpere einen zurück. Nun bildet sich ein wissendes Lächeln auf seinen Lippen, und ich bin von dem ungewohnten Anblick unwillkürlich überwältigt.

Verdammt. Er sollte definitiv öfter lächeln. Oder in einer Werbung für Zahnpasta mitwirken.

Als er bloß die Hand nach dem Kuchen ausstreckt, entspanne ich mich wieder. Er bedankt sich nicht dafür, doch irgendwie habe ich das auch gar nicht erwartet. Kaum tritt er zurück, entferne ich mich ebenfalls von ihm.

»Also dann …« Ich lächele verkrampft. »Bis bald, oder so.«

»Oder so«, wiederholt er rau und sieht mir unverwandt hinterher, als ich zu meinem Wagen flüchte.

Auf dem Weg zu meinem Haus frage ich mich,

warum zur Hölle ich ihm den Kuchen gebracht habe. Nicht nur, dass ich ihn gerne selbst gegessen hätte, sondern auch, dass es nun wirkt, als wollte ich mich damit für weit mehr als seine kleine Hilfe mit dem Sicherungskasten bedanken.

Gott, wie peinlich. Wenn ich Glück habe, begegne ich ihm sobald nicht wieder.

Insgeheim weiß ich, dass ich mir das Gegenteil davon wünsche.

KAPITEL 5

*E*s ist mitten in der Nacht, als mich ein Geräusch im unteren Stockwerk aus dem Schlaf reißt. Keuchend richte ich mich auf und blinzele benommen durch die Dunkelheit. Ich reibe mir über das Gesicht und lausche angestrengt. Habe ich mir den leisen Knall nur eingebildet?

Plötzlich ängstlich, da mir klar wird, dass ich mich an dem perfekten Tatort befinde, kralle ich die Hände um die Decke und starre mit angehaltenem Atem zur geschlossenen Schlafzimmertür. Ich kann keinerlei Geräusche im Haus wahrnehmen, doch ich bin mir sicher, zuvor eines im unteren Stockwerk vernommen zu haben. Es klang wie die Haustür, die zugefallen ist.

Oh Gott.

Mein Herz beginnt, zu rasen, als ich die Füße aus dem Bett schwinge und bloß in meinem Höschen und kurzen Top durch den Raum husche. Ich gehe auf die Zehenspitzen, öffne die Tür einen Spalt weit, und spähe wachsam hinaus. Hier oben kann ich niemanden entdecken.

Also schleiche ich in den Flur und werfe einen Blick die Treppe hinunter. Auch hier kann ich keine Gestalt in der Dunkelheit ausmachen.

Verwirrt, da ich mir sicher bin, etwas gehört zu haben, bewege ich mich auf die Stufen zu und schreie auf, als sich plötzlich von hinten ein Arm um meinen Bauch schlingt. Ich werde in die Höhe gehoben und zurück in mein Schlafzimmer getragen.

Hysterisch versuche ich, mich aus dem Griff zu befreien, strampele mit den Füßen und schlage mit den Armen um mich, doch der Eindringling lässt sich davon nicht beeindrucken. In aller Ruhe trägt er mich zum Bett und presst eine seiner großen Hände auf meinen Mund, um meine Schreie zu ersticken.

»Sei still.«

Mit einem Mal lockern sich meine Muskeln und meine Hysterie legt sich. Der Klang dieser Stimme ist mir vertraut. Rau und tief dringen die Worte in mein Ohr, haben nichts Bedrohliches oder Aggressives an sich.

Nun steigt mir auch der Duft von Seife und Zigarren in die Nase, und für einen kurzen Moment frage ich mich, ob dies einer dieser feuchten Träume ist, der sich einfach bloß unglaublich real anfühlt. Es soll schließlich sogar Frauen geben, die während des Schlafes einen Orgasmus haben können.

Allerdings sind das Zittern meines Körpers und das Schlagen meines Herzens zu heftig wahrnehmbar, als dass es sich bloß um eine Illusion handeln könnte. Auch die Hände, die rau und forsch über meinen Körper gleiten, nachdem ich auf der Matratze abgelegt wurde, fühle ich zu intensiv. Die schwielige Haut an den Handflächen schabt über meine eigene, hinterlässt ein sanftes Kratzen darauf. Jede Berührung dringt bis zu meinem Knochenmark durch und erschüttert meinen Körper.

Ich will mich zu ihm umdrehen, um mich zweifellos zu vergewissern, dass das hier real ist und tatsächlich stattfindet, doch er verwehrt es mir. Seine Hand findet mein Haar, krallt sich hinein und drückt meinen Kopf auf die Matratze, während sich seine andere in meiner Hüfte vergräbt und diese nach oben zerrt. Ich lande auf den Knien und stütze mich keuchend auf den Unterarmen ab. Mein Hintern ragt einladend in die Höhe.

Über das Rauschen des Blutes in meinen Ohren hinweg kann ich hören, dass er seine Gürtelschnalle öffnet. Reglos und zitternd verharre ich auf der Matratze, wie er mich dort positioniert hat, und bewege auch den Kopf nicht, als er die Hand aus meinem Haar nimmt.

Er gibt keinen einzigen Laut von sich, als er das Höschen meine Schenkel hinunterzerrt und meine Beine mit seinem Knie spreizt. Danach zieht er das

Schlaftop über meinen Kopf und wirft es achtlos zu Boden.

Dann tut er für ein paar Sekunden lang nichts, außer mich in dieser intimen Position zu betrachten. Ich spüre seine Blicke heiß auf meiner Haut und werde feucht, bevor er mich überhaupt richtig anfasst. Beschämende Nässe benetzt mein Geschlecht, das vor Aufregung und Sehnsucht wild zu pochen beginnt.

Obwohl ich mich seelisch wie körperlich entblößt fühle, kann ich nicht leugnen, wie verzweifelt erregt mich die Situation macht. Wie verzweifelt begierig ich darauf bin, zu erfahren, was er als Nächstes tut und mit mir vorhat.

Dieser Mann bricht nachts in mein Haus ein, trägt mich in mein Bett und entledigt mich ohne ein Wort meiner Kleidung. Das ist so verdammt abgefuckt und vollkommen gestört, dass ich mich nun tatsächlich fühle, als hätte ich den Verstand verloren, so wie es mir seine Blicke schon mehrmals signalisiert haben. Dass ich das hier zulasse, würde jeden Psychiater alarmieren.

Leider kommt es auch einer meiner verbotensten Fantasien gleich, die ich sogar zu Papier gebracht habe.

Mein Körper spannt sich automatisch an, als er sich hinter mir bewegt. Dann wird mir jeglicher Halt entrissen, indem er meine Arme packt und wie beim letzten Mal hinter meinem Rücken zusammenführt. Nun stützt mich bloß mein Oberkörper. Um Luft zu bekommen, drehe ich den Kopf zur Seite und presse die Wange auf die Matratze.

Ich spüre etwas an meinen Handgelenken und dann einen festen Ruck. Keuchend versuche ich, über meine Schulter zu spähen, um zu erkennen, was es ist, das meine Hände stramm aneinanderfesselt. Ich kann jedoch weder den Mann noch sonst etwas erkennen. Im Zimmer ist es stockfinster, und ich kann den Kopf nicht weit genug drehen, ohne Gefahr zu laufen, mir das Genick zu brechen.

Die Gedanken verpuffen, als ich höre, wie er den Reißverschluss seiner Jeans öffnet. Mein Herzschlag hämmert mittlerweile in meinen Ohren, als läge mein Herz unmittelbar daneben.

Als ich seine Hand zwischen meinen Schenkeln spüre, stöhne ich auf. Die verräterische Nässe dazwischen beginnt augenblicklich, zu tropfen. Meine Lider schließen sich flatternd, als seine rauen Finger zwischen meine Labien gleiten und die Feuchtigkeit dort erkunden.

»Bitte«, wimmere ich und weiß gar nicht, worum genau ich ihn bitte.

Er scheint es zu wissen, denn das Bedürfnis, zu betteln, verschwindet, als er mich zu reiben beginnt. Grob und schnell bewegen sich seine Finger auf meiner Perle, und ganz sanft fange ich unter ihm zu zucken an. *Verdammt.* Er massiert mein überlappendes Nervenbündel, bis es vor Erregung geschwollen ist, und taucht dann ohne Vorwarnung zwei Finger bis zu den Knöcheln in mich.

Ich gebe einen entzückten Laut von mir und presse

das Gesicht keuchend in die Matratze. Flehentlich drücke ich ihm meinen Hintern entgegen und stöhne erstickt auf, als er die Finger in mir zu bewegen beginnt. Er fickt mich mit ihnen, hart und schnell, krümmt sie dann und stimuliert diesen wunderbar empfindsamen Punkt in mir. Meine Lust schmatzt unanständig, und ich steuere schon nach wenigen Sekunden einem Orgasmus zu.

»Nein«, bricht er das Schweigen zwischen uns, und das simple Wort reicht aus, um die Spannung in mir hochschnellen zu lassen.

Gleichzeitig unterdrücke ich mit aller Kraft das Bedürfnis, loszulassen. Er muss nicht deutlicher werden; ich habe verstanden, dass er nicht will, dass ich jetzt schon komme.

Aber es fällt mir furchtbar schwer, ihm den Wunsch zu erfüllen.

Schweiß perlt auf meiner Stirn und sammelt sich in meinem Nacken, als er nicht aufhört, mich mit seinen Fingern zu ficken, aber ein weiteres Mal »Nein« hervorstößt, als ich kurz davorstehe, zu explodieren. Ich winsele und werde unruhig auf der Matratze, bewege mein Becken hilflos auf und ab und atme immer schwerer. Der Orgasmus ist zum Greifen nah, und je länger ich ihn hinauszögere, desto heftiger droht er, mich zu zerreißen.

»Bitte«, flehe ich wieder. Meine Stimme klingt verzweifelt und atemlos.

Er zieht die Hand zwischen meinen Schenkeln hervor. Ein Schluchzen vibriert in meiner Kehle.

Dann spüre ich seine Erektion stahlhart und fiebrig heiß an meinem Eingang und biege den Rücken noch mehr durch, um ihm den Hintern willig entgegenzustrecken. Er foltert mich, indem er die pralle Spitze seines Schwanzes an meinem empfindsamen Lustzentrum reibt, bevor er sie in meinen engen Eingang zwängt.

Stöhnend werfe ich den Kopf zurück, und er wickelt sich mein Haar um die Faust und zwingt mich, ihn so tief in den Nacken zu legen, bis es schmerzt.

Dann versenkt er sich mit einem harten Stoß bis zu den Hoden in mir. Ich schreie erstickt auf, der Laut wirbelt in meiner Kehle.

»Beweg dich«, befiehlt er mir heiser, immer noch bis zum Anschlag in mir vergraben. Als ich nicht sofort reagiere, wird der Zug auf meiner Kopfhaut strenger, bis ich vor Schmerz wimmere.

Langsam bewege ich mein Becken vor und zurück. Unwillkürlich stöhne ich wieder auf. Seine glorreiche Männlichkeit dehnt und füllt mich bis zur Grenze des Erträglichen – das Gefühl ist berauschend. Ich versinke in all den Empfindungen, als ich mein Becken schneller bewege, und atme erleichtert auf, als er den Griff um mein Haar etwas lockert, sodass sich mein Nacken wieder entspannen kann.

Dann vögele ich ihn, anstatt mich von ihm vögeln

zu lassen. Meine nackten Brüste reiben über die Matratze, während ich meinen Körper vor und zurück bewege, immer euphorischer und verzweifelter. Meine Brustwarzen ziehen sich prickelnd zusammen.

Unsere Haut klatscht aneinander, als ich meinen Hintern noch fester gegen sein Becken stoße, und ein Ruck geht durch meinen Körper, als er hinter mir aufstöhnt und keucht. Seine primitiven Laute erfüllen meine Sinne.

Schon bald fühlen sich meine Brustwarzen wund von der stetigen Reibung an, doch das leichte Brennen zwischen meinen Schenkeln lenkt mich davon ab. Je öfter ich seinen Schwanz durch meinen Eingang gleiten lasse, desto nasser werde ich. Meine Lust tropft aus meiner Öffnung und benetzt meine Schenkelinnenseiten. Ich schwitze vor Anstrengung, meine Muskeln brennen, und meine Waden krampfen, doch ich höre nicht auf, bis er mir deutlich zu verstehen gibt, dass ich es soll.

Und dafür werde ich von ihm belohnt. Erst, als mein Körper vor Erschöpfung wie Espenlaub zittert, erlöst er mich von den bittersüßen Qualen und übernimmt für mich. Seine rauen Hände krallen sich in das zarte Fleisch an meinen Hüften, dann stößt er zu. Hart.

Ich schreie auf und presse die Augen aufeinander. Sein schneller Rhythmus schiebt mich jedes Mal ein Stück weit über die Matratze, doch sein eiserner Griff hält mich in Position. Er fickt mich wie beim letzten

Mal grob und rücksichtslos, doch dieses Mal erscheint er beherrschter. Obwohl es sich anfühlt, als würde mich seine eiserne Länge aufspießen, sind seine Stöße heute nicht enorm brutal. Dennoch treiben sie mich schon nach kürzester Zeit in den Wahnsinn, und ich stehe wieder an der Klippe und drohe, zu stürzen.

Nun verbietet er mir nicht, mich dem Fall und der damit einhergehenden Erlösung hinzugeben, und so lasse ich mit einem gequälten Laut los, während er weiterhin in mich pumpt, als wäre er nur dafür geschaffen worden, eine Frau zu penetrieren.

Sein Schwanz trifft diese magische Stelle in mir, die mich so heftig zucken lässt, dass ich meinen Körper kaum noch unter Kontrolle habe. Mir bleibt für einen Moment der Atem weg, bevor ich gierig nach Luft schnappe. Schwindel erfasst mich und meine Glieder werden weich wie Wackelpudding.

Meine inneren Muskeln umklammern seinen breiten Schaft, melken und stimulieren ihn, während er sich verausgabt, bis auch seine Muskeln zu zucken anfangen. Ich spüre, wie er hinter mir erschauert und in mir pulsiert. Dann füllt er mich stoßweise mit seinem heißen Sperma. Dabei krallen sich seine Finger so tief in das Fleisch an meinen Hüften, dass ich schmerzerfüllt wimmere. Das gibt bestimmt blaue Flecken.

Ich brauche einige Sekunden, um mich zu sammeln. Dadurch bekomme ich kaum mit, dass er mich von den Fesseln an meinen Handgelenken befreit. Kraftlos fallen meine Arme nach vorne und mein Körper auf die Matratze, als er sich aus mir zurückzieht.

Mit glühenden Wangen drehe ich mich zu ihm um.

Seine blauen Augen treffen auf meine, und ich schlucke beim Anblick des wilden Feuers, das darin brennt. Er rollt den Stoff meines Höschens auseinander und wirft es neben mich auf die Matratze. Damit hat er mich also gefesselt.

Ich öffne den Mund, um etwas zu sagen, schließe ihn jedoch wieder, da mir die richtigen Worte fehlen. Was gäbe es auch schon zu dieser Sache hier zu sagen? Außer, dass sie total krank und mindestens genauso geil ist?

»Als Dank für den Kuchen«, durchbricht er die Stille im Raum, und ich bekomme eine Gänsehaut vom Klang seiner heiseren Stimme.

Als seine Worte bis zu meinem schwammigen Hirn durchdringen, ist er längst verschwunden. Ich höre die Haustür unten ins Schloss fallen und vergrabe das Gesicht beschämt von meinem irrationalen Verhalten im Kissen.

Ich wünsche mir gleichermaßen, dass sich die letzten dreißig Minuten doch bloß als ein feuchter Traum entpuppen, wie ich mir erhoffe, dass dem nicht so ist.

KAPITEL 6

»*T*ut mir wirklich leid, Pete.« Ich klemme mir das Handy zwischen Ohr und Schulter und falte die Packungsanweisung auseinander. Zwanzig Minuten. Perfekt.

»Mehr hast du mir nicht zu sagen?«, kommt es aus der anderen Leitung zurück, woraufhin ich leise seufze und das Handy in die Hand nehme. Ich lege den Zettel weg und verlasse das Bad ins untere Stockwerk.

»Ich habe dir die Gründe doch schon genannt«, erinnere ich ihn trotz meiner steigenden Ungeduld sanft, da ich mich tatsächlich ein wenig schuldig fühle, ihn über das Telefon abzuservieren. Allerdings kann ich wohl schwer mal eben bei ihm vorbeischauen, um unsere Beziehung persönlich zu beenden.

»Aber ich verstehe die Gründe nicht«, kontert er verärgert. »Wir passen doch perfekt zusammen, Sara, und ...« Die letzten Worte verstehe ich nur roboterhaft, da der Empfang flöten geht.

Ich bewege mich zur Haustür, damit die Verbindung nicht abbricht, und kratze mich rabiat am Haaransatz, da die aufgetragene Farbe zu jucken beginnt. Mein Blick fällt auf die Uhr an der Wand. Noch achtzehn Minuten.

»Wir passen nicht zusammen und das weißt du insgeheim auch, Pete. Wir haben komplett verschiedene Vorstellungen von unserer Zukunft. Du willst heiraten, unsere Flitterwochen romantisch an einem Strand verbringen, in einen Vorort ziehen und eine Horde Kinder zeugen. Und ich möchte bloß ... mein Leben genießen. Zumindest zum jetzigen Zeitpunkt«, erkläre ich ihm schließlich ruhig.

Seine romantische Zukunftsvorstellung von uns als Ehepaar passt zudem absolut nicht zu meiner Vorstellung von einer gelungenen Partnerschaft. Pete steht auf Romantik – und darüber weiß ich bloß, wie man es buchstabiert.

»Du kannst dein Leben doch auch genießen, wenn wir verheiratet sind und Kinder haben!«, entfährt es Pete verständnislos.

»Natürlich, aber ... das ist es nicht, was ich zurzeit möchte. Ich bin noch nicht bereit für die Ehe und Kinder.« *Und du bist nicht der richtige Mann dafür*, führe ich gedanklich aus, behalte die Worte jedoch für mich, weil ich ihn nicht verletzen möchte.

Er würde außerdem nicht verstehen, warum dem

so ist. Die meisten Frauen sehnen sich einen Mann wie Pete herbei und wollen genau das, wovon er mit mir träumt. Doch ich bin nicht wie die meisten Frauen und brauche dementsprechend auch einen Mann, der nicht so ist, wie ihn die meisten Frauen haben wollen.

Ich könnte mir nicht vorstellen, bis an mein Lebensende mit einem Mann zusammen zu sein, der mich sexuell nicht befriedigen kann. Und mit dem ich nach zwei Jahren meine sexuellen Neigungen und Fantasien immer noch nicht geteilt habe.

Seit zwei davon nun Realität geworden sind, ist das Bedürfnis, auch die anderen zu verwirklichen, überwältigend stark. Noch nie zuvor war ich so dermaßen bereit und offen dafür, etwas zu wagen, zu experimentieren und mich auf unbekanntes Terrain zu begeben.

Ich bin achtundzwanzig. Wenn nicht jetzt, wann dann?

Also habe ich heute Morgen direkt den ersten Schritt gewagt und mein Haar pink gefärbt. Zwar nicht mein ganzes Haar, aber es ist ein Anfang. Schon seit ich siebzehn Jahre alt war, habe ich von pinken Strähnchen geträumt, mich jedoch nie getraut, mein naturblondes Haar zu färben. Ich hatte Angst davor, was die Leute von mir denken könnten, oder dass ich es bereuen würde. Doch seit ich hier bin, fühle ich mich wie ein anderer Mensch. Als hätte ich all meine Hemmungen und Zweifel zu Hause gelassen.

Was bestimmt maßgeblich an meinen kleinen Abenteuern mit meinem Nachbarn liegt.

Wenn ich tatsächlich so verrückt bin, Sex mit einem Mann zu haben, mit dem ich noch nie ein Gespräch auf persönlicher Ebene geführt habe und welcher nachts einfach in mein Haus einsteigt, dann soll ich verdammt sein, wenn ich mich vor pinken Strähnchen scheue.

Ich muss zugeben, dass unser Sex der ausschlaggebende Grund war, meine Beziehung zu Pete ein für alle Mal zu beenden. Ich habe eine Kostprobe von dem erhalten, was auf mich warten könnte, wenn ich mich dafür frei mache, und will mehr davon.

Am besten sofort und in dreifacher Dosis.

»Ich verstehe dich wirklich nicht«, schnaubt Pete wütend. »Aber wenn es das ist, was du willst, sollst du es bekommen. Du wirst schon noch zur Vernunft kommen.« Es wird totenstill in der Leitung, und ich werfe einen Blick auf das Display. Er hat aufgelegt.

Seufzend lege ich das Handy weg. Ich hoffe wirklich, dass Pete jemanden findet, der besser zu ihm passt. Es sollte nicht allzu schwer sein – er ist ein netter Typ. Zwar keine Granate im Bett, aber den meisten Frauen reicht es aus, einen netten Kerl an ihrer Seite zu haben, auf den sie sich verlassen können, der ihnen treu ergeben ist und mit ihnen Desperate Housewives guckt.

Das Problem bin eindeutig ich. Ich will gar keinen netten Typen haben, der mir Sicherheit verschafft. Das ist mir nun klar geworden. Ich will Abenteuer erleben, Risiken eingehen, verrückte Dinge tun und mir verdammt noch mal jede Nacht das Hirn rausvögeln lassen. Ich bin nicht auf der Suche nach Romantik oder der ewigen Liebe.

Und das ist vollkommen in Ordnung. Jeden Menschen machen andere Dinge glücklich. Und für diese muss sich niemand rechtfertigen.

Um mich in den letzten Minuten zu beschäftigen, in der die Farbe auf meinen Haaren einwirkt, mache ich mir einen Kaffee und überfliege auf dem Laptop meine Mails. Da ich meine Bücher über keinen Verlag veröffentliche, muss ich mich stets selbst um die Korrektur, Vermarktung und Veröffentlichung meiner Werke kümmern. Dafür geworben habe ich schon auf meinem Facebook-Account, und ein Cover für meine neueste Geschichte existiert ebenfalls schon. Gestern Morgen habe ich das Manuskript an meine Lektorin geschickt, die mir, wie ich gerade sehe, schon eine erste Rückmeldung zukommen hat lassen.

Aufgeregt öffne ich ihre Mail und grinse wie ein Honigkuchenpferd, als ich die wenigen Zeilen lese, die sie mir um zwei Uhr nachts geschrieben hat. Sie konnte wohl nicht aufhören, zu lesen – ein gutes Zeichen.

Wow! Einfach nur wow. Ich würde gern mal einen Tag in deinem Kopf leben oder dem heißen Einsiedler begegnen ;) Bin mit dem ersten Durchgang bereits

fertig und starte gleich heute Morgen den zweiten. Du
hast das Manuskript bis übermorgen zurück.

Erleichtert und ein wenig stolz verfasse ich eine kurze Antwort an sie und bedanke mich bei ihr. Offensichtlich kommt mein neuer Protagonist, der meinem Nachbarn verdächtig ähnelt, ganz gut bei ihr an. Beim Gedanken, dass sich nicht alles bloß in meinem Kopf abgespielt hat, muss ich schmunzeln. Gleichzeitig erröte ich, weil ich mich an letzte Nacht erinnere.

Ich beschließe, direkt nach dem Auswaschen der Farbe mit einem neuen Kurzroman zu beginnen. Immerhin bin ich vorrangig hier, um endlich beim Schreiben Gas zu geben, und all diese Bilder in meinem Kopf müssen zudem irgendwo verewigt werden.

Und wenn ich etwas gut kann, dann Bilder aus meinem Kopf mit Worten zu Papier zu bringen.

Es ist später Nachmittag, als es an meiner Haustür klopft. Unwillkürlich beginnt mein Herz, zu rasen, und meine Knie werden ganz weich. Außer meinem Nachbarn hat mich hier noch nie jemand besucht. Und der Gedanke, ihm nach letzter Nacht nun bei Tageslicht gegenüberzutreten, lässt mich beinahe panisch werden.

Oh Gott, oh Gott, oh Gott. Ob ich einfach so tun

soll, als wäre nie etwas passiert? Was, wenn er gekommen ist, um mich gleich wieder zu vögeln?

Dann musst du dir aus der Apotheke eine Wundheilsalbe besorgen, verhöhnt mich meine innere Stimme, während das kleine Flittchen in mir bei der Vorstellung von versautem Sex mit meinem Nachbarn sofort ganz wuschig wird.

Ich schüttele mir die Gedanken ab und schiebe den Laptop beiseite, um zur Haustür zu gehen. Insgeheim frage ich mich, ob der Mann überhaupt so höflich wäre, zu klopfen, sollte er mich ein weiteres Mal besuchen. Immerhin hat er letzte Nacht darauf verzichtet. Heute bin ich zudem schon klüger und weiß, wie er es ins Haus geschafft hat – er hat bloß die Tür geöffnet, die ich nicht abgeschlossen hatte.

So wie sie auch jetzt nicht abgeschlossen ist, als würde ich es darauf anlegen, dass er noch einmal einfach bei mir einsteigt und über mich herfällt.

Weshalb ich mir wie eine Heuchlerin vorkomme, als ich geradezu ängstlich »Wer ist da?« rufe. Mein Puls sinkt unwillkürlich wieder, als eine Frauenstimme, die ich im ersten Moment nicht direkt zuordnen kann, »Ich bin's« zurückruft.

Als ich die Tür öffne, strahlt mir das Gesicht meiner Maklerin, Mrs Paul, entgegen. Etwas enttäuscht erwidere ich ihr Lächeln. »Oh, hallo. Wie geht's Ihnen?«

»Gut, danke«, erwidert sie immer noch strahlend. »Und selbst? Haben Sie sich schon eingelebt?«

Ich nicke und schiele an ihr vorbei vor das Haus. Ihr rostiger VW Käfer parkt neben meinem Wagen. Der Motor ist noch an.

»Was kann ich für Sie tun?«, will ich schließlich freundlich wissen.

Sie streicht ihre Bluse glatt und beäugt kritisch mein frisch gefärbtes Haar, bevor sie mir eröffnet: »Ich dachte, ich entführe Sie heute mal zu unserem Bingo-Abend im Diner. Der findet jeden Donnerstag statt und die Leute würden sich freuen, wenn Sie auch daran teilnehmen.«

»Bingo-Abend?«, echoe ich und bemühe mich inständig darum, meine Abneigung nicht zu offen zur Schau zu stellen. Ich überlächele den Gedanken, dass ich lieber sterben würde, als einen ganzen Abend lang Bingo mit all diesen aufdringlichen Menschen zu spielen, die mich ganz bestimmt über Stunden hinweg mit Fragen löchern würden.

Oder über meine pinken Strähnchen tuscheln würden.

Mrs Paul nickt euphorisch. »Es wird ganz bestimmt spaßig und ist eine tolle Gelegenheit, um Bekanntschaften zu schließen. Bisher haben Sie sich nur zwei Mal im Diner blicken lassen.« Sie macht eine Pause und hebt fragend eine Augenbraue. »Und mit niemandem wirklich gesprochen. Warum eigentlich nicht? Die Leute würden Sie doch so gerne näher kennenlernen.«

Ich fühle mich in die Enge gedrängt und suche

nach Ausreden, um dem bevorstehenden Horror zu entkommen, doch Mrs Paul macht mir einen Strich durch die Rechnung, als könne sie meine Gedanken lesen.

»Ich habe den Leuten schon versprochen, Sie dazu zu überreden«, gesteht sie mir hoffnungsvoll. »Alle wären wirklich enttäuscht, würden Sie nicht mitkommen.«

Ich schiele zum Laptop auf der Couch und beschließe, ihr irgendetwas von Abgabeterminen zu erzählen, als ich plötzlich das Brummen eines Motors wahrnehme, das immer lauter ertönt.

Mein Kopf schnellt zur Seite, und mein Mund ist schneller als mein Hirn.

»Leider bin ich heute Abend schon verabredet«, schießt es aus mir hervor, bevor ich genauso eilig aus der Haustür schieße. Dass ich bloß einen pinken Jogginganzug und Hausschlappen trage, ignoriere ich gekonnt, während ich auf den blauen Pick-up zu hechte, der gerade von der Abzweigung auf den Schotterweg abbiegt. »Mit ihm!«, rufe ich über die Schulter und zeige auf den Wagen. »Meinem Nachbarn!«

»Wirklich?«, höre ich Mrs Paul hörbar überrumpelt fragen. Aus dem Augenwinkel sehe ich, dass sie mir mit schnellen Schritten folgt. Shit.

»Halt bitte an«, murmele ich flehentlich vor mich hin, und tatsächlich kommt der Pick-up im nächsten Moment zum Stillstand.

Mein Nachbar senkt den Kopf und starrt mich mit

zusammengezogenen Augenbrauen an, während ich keuchend und mit Seitenstechen neben seinem Wagen halte. Gott sei Dank hat er mich gesehen und angehalten. Alles andere wäre wohl ziemlich peinlich für mich geworden.

Als er das Fenster herunterlässt, flüstere ich ihm hektisch zu: »Bitte, spiel einfach mit!« Im selben Moment erreicht uns Mrs Paul, die merklich erstaunt zwischen uns hin und her blickt.

»Hallo, Mr Carter«, begrüßt sie ihn verhalten, bevor sie sich an mich wendet. »Ich wusste nicht, dass Sie heute Abend schon verabredet sind. Sonst wäre ich nicht gekommen.« Enttäuscht funkelt sie mich an. »Wie schade.«

»Ja … Wie schade.« Ich lächele entschuldigend. »Die Verabredung steht schon länger, sonst wäre ich natürlich gerne mitgekommen. Ich liebe Bingo.«

Mein Nachbar gibt keinen Ton von sich, starrt mich bloß an. Als ich seinen Blick auffange, suche ich nach Anzeichen von … irgendetwas in seinen Augen, das nach letzter Nacht unweigerlich da sein sollte, doch alles, was ich entdecke, ist Verwirrung. Und einen Anflug von Gereiztheit, den er offenbar immer zur Schau stellt.

Warum wirkt er so … normal? Als wäre die letzte Nacht nie geschehen.

Fast befürchte ich, mir doch bloß alles eingebildet zu haben, doch ich weiß ganz sicher, dass ich zwar ein wenig verrückt, aber bestimmt nicht unzurechnungsfähig bin. Die letzte Nacht hat stattgefunden. Das war keine Einbildung. Sonst müsste ich mir um das Brennen zwischen meinen Schenkeln ernsthafte Sorgen machen.

»Was haben Sie denn Schönes vor?«, will Mrs Paul wissen.

Ich schlucke und schiele verzweifelt in den Wagen. *Hilf mir*, flehen meine Augen, und zu meiner Überraschung rettet mich mein Nachbar tatsächlich aus der unangenehmen Situation.

»Kino in Mancos«, sagt er mit seiner tiefen und rauen Stimme, die sofort die richtigen Knöpfe in mir betätigt. Mein Herz pocht schneller gegen meine Rippen, und in meinem Magen kribbelt es. »Wir müssen jetzt auch schon los.« Er beugt sich über den Beifahrersitz und öffnet die Wagentür. »Steig ein, Sara.«

Auch wenn ich es nicht wollte, könnte ich es nicht verhindern. Etwas an der Art, wie er den Befehl ausspricht, macht mich völlig willenlos. Mein Körper reagiert auf seinen Befehl, als würde er gar keine Rücksprache mit meinem Hirn halten, das sich allerdings ebenfalls nicht zur Wehr zu setzen versucht. Es ist das erste Mal, dass er eine Einladung für irgendetwas ausspricht, wenn auch nur, um mir aus der Patsche zu helfen und mich in seinen Wagen zu bitten.

»Oh«, macht Mrs Paul und lächelt zurückhaltend, als ich mich auf den Stoffsitz schwinge. Ihr Blick schweift verwirrt von meinen pinken Strähnchen über meinen pinken Jogginganzug und die Lammfell-Hausschlappen, bevor sie über ihre Schulter zu meinem Haus sieht, dessen Eingangstür weit offen steht. »Aber die Haustür ...«

»Wenn jemand einbricht, wissen wir, wer es war«, erwidert mein Nachbar drohend und zögert nicht, aufs Gaspedal zu treten und sie einfach stehenzulassen.

Empört starre ich ihn an. »Das war jetzt nicht unbedingt sehr charmant.«

Seine blauen Augen treffen auf meine, und prompt steigt mir Röte in die Wangen. »Sie anzulügen auch nicht.«

Da er recht hat, presse ich die Lippen schuldbewusst aufeinander und zucke mit den Schultern. Ich werfe einen Blick aus der Heckscheibe und entdecke Mrs Paul immer noch auf demselben Fleck wie vorhin. Sie sieht dem Wagen hinterher und wird bestimmt dem ganzen Dorf von meiner angeblichen Verabredung mit Mr. Ich-rede-mit-keinem-und-will-meine-Ruhe-haben erzählen.

»Du kannst mich hier rauslassen«, sage ich zu ihm, als wir aus ihrem Sichtfeld verschwunden sind. Ich deute auf den Wald. »Ich warte hier, bis sie vorbeifährt, und gehe dann zu Fuß zurück.«

Er ignoriert meine Worte und fährt unbeirrt weiter.

Nervosität keimt in mir auf. Ich reibe meine feuchten Handflächen an den Oberschenkeln und räuspere mich. »Ich bin eher unsportlich, also wäre es nett, wenn du hier halten würdest. Je weiter du fährst, desto größer ist die Chance, dass ich auf dem Weg zurück einen Kreislaufkollaps erleide.«

Erst am Ende des Schotterwegs, kurz vor der Hauptstraße, wird er langsamer, bevor er den Wagen direkt in den Wald hineinsteuert. Er ruckelt, als wir über Äste und den unebenen Boden rollen, und mein Herz überschlägt sich zu gleichen Teilen vor Panik und Aufregung.

Was hat er vor?

Als wir uns in sicherem Abstand zum Schotterweg befinden, sodass uns Mrs Paul nicht unmittelbar entdecken kann, drückt er auf die Bremse und schaltet den Motor aus. Ich blinzele ihn schwer schluckend von der Seite an. Meine Knie scheppern.

»Du schuldest mir etwas«, presst er rau hervor, bevor er sich im Sitz zu mir dreht. Heute trägt er blaue Jeans und einen schlichten schwarzen Pullover, der seine breiten Schultern betont. Der Duft von Seife und Zigarren steigt mir in die Nase, als er sich zu mir lehnt und rät: »Und seine Schulden begleicht man am besten sofort.«

KAPITEL 7

Meine Lider flattern wild und meine Kehle wird staubtrocken. *Ich schulde ihm etwas.* Doch was genau verlangt er nun als Gegenleistung für seine Hilfe?

Und warum wirkt er im Gegensatz zu mir nicht im Geringsten verlegen wegen letzter Nacht?

»Ich …«, stoße ich leise hervor, breche dann jedoch ab, weil ich keine Ahnung habe, was ich überhaupt sagen möchte.

Er erwidert meinen nervösen Blick mit dieser markerschütternden Intensität, die mein Hirn ohnehin funktionsuntüchtig macht. »Es ist ganz einfach, Sara. Ich habe dich vor einem unerträglichen Abend gerettet und jetzt bedankst du dich angemessen dafür. So gebietet es die Höflichkeit.«

Meine Augen zucken zu der Ausbuchtung in seinen Jeans und weiten sich schlagartig. *Er ist bereits hart für mich.* Und das gibt mir zu verstehen, welche Art von Dank er sich vorstellt.

»Ich kenne nicht einmal deinen Vornamen«, kommt es mir unvermittelt über die Lippen, woraufhin sich sein Blick verdunkelt.

»Das hat dich letzte Nacht auch nicht gestört.« Er greift an meinen Nacken und bringt mein Gesicht so nah vor seines, dass ich seinen Atem auf meiner Wange spüren kann. »Sei ein braves Mädchen und benutz deinen Mund für etwas anderes, als überflüssige Worte von dir zu geben.« Er übt Druck auf meinen Nacken aus und bewegt meinen Kopf nach unten, bis mein Gesicht über seinem Schoß schwebt.

Gott, mir wird furchtbar schwindelig.

Dennoch nesteln meine Finger schon im nächsten Moment an seiner Gürtelschnalle, als bliebe mir ohnehin keine andere Wahl, als mich seinem nett formulierten Befehl zu fügen. Ich öffne sie, zerre am Knopf seiner Jeans und ziehe den Reißverschluss nach unten. Meine Finger zittern, als ich sie in den Bund seiner Boxershorts hake und diese nach unten ziehe, bis seine stahlharte Erektion frei liegt.

Seine Männlichkeit ist einfach perfekt. Wundervoll lang, wundervoll breit, wundervoll gerade.

Mein Atem flattert in meiner Kehle, als ich an seine mächtige Wurzel greife und den Mund öffne. Immer noch ruht seine Hand auf meinem Nacken und hält mich unten, obwohl das gar nicht nötig ist. Auch wenn ich mir wie ein verdorbenes Flittchen vorkomme, als ich seinen Schwanz zwischen die Lippen sauge, tue ich es mit Hingabe und Entschlossenheit.

Als ich anfange, an ihm zu saugen und zu lecken, spüre ich, wie er sich über mir anspannt. Meine Lippen schließen sich fest um seinen Schwanz, der in meinem Mund zuckt, als würde er die Zuwendung jetzt schon unheimlich genießen. Ich bewege den Kopf auf und ab und wimmere, als er sich mein Haar streng um die Faust wickelt, bis meine Kopfhaut brennt.

Zwischen meinen Beinen wird es verräterisch feucht.

Meine Hände krallen sich in seine massiven Oberschenkel, als er die Führung übernimmt und meinen Kopf in den Bewegungen dirigiert. Er drückt ihn nach unten und zerrt ihn am Haar wieder in die Höhe; dabei geht er nicht sehr sanft vor. Alles andere hätte mich auch enttäuscht. Immer schneller bewegt er die Hand in meinem Haar, während er mich zwingt, ihn tiefer und tiefer in den Mund zu nehmen.

Als ich würge und mich zurückziehen will, drückt er mich komplett auf sich herab. Seine gesamte Länge gleitet in meinen Mund und verharrt verboten tief in meinem Rachen. Ich weite panisch die Augen und beginne, zu röcheln, doch das beeindruckt ihn nicht im Geringsten.

Sekundenlang hält er mich so fest und verbietet mir mit seinem Schwanz, der meine Atemwege verstopft, nach Luft zu schnappen.

Als er mich endlich zurückweichen lässt, huste ich und sauge gierig Sauerstoff in meine Lunge. Zwischen meinen Schenkeln ist es inzwischen so nass, dass sich bestimmt schon ein Fleck auf meiner Jogginghose gebildet hat.

»Bist du wirklich so zimperlich?«, dringt seine höhnische Stimme leise in mein Ohr, woraufhin ich den Kopf drehe und ihn mit feuchten Augen ansehe. Seine Gesichtszüge sind vor Lust verschärft, in seinen Augen brennt ein wildes Feuer.

Unwillkürlich rauscht heißes Verlangen durch meinen Körper. Allein zu sehen, wie erregt er ist, törnt mich an. Gleichzeitig spornt es mich an, noch mehr zu geben. Besser zu sein. Ihn vollkommen zufriedenzustellen.

»Nein«, hauche ich also und lasse seinen Schwanz wieder zwischen meine Lippen gleiten. Ich sauge hingebungsvoll an ihm, bis mich seine Hand auf meinem Nacken erneut zwingt, ihn tief in meinen Rachen gleiten zu lassen.

Ich würge, während Speichel aus meinem Mund tropft, doch ich versuche kein einziges Mal, mit dem Kopf zurückzuweichen. Stattdessen lasse ich seine raue Inbesitznahme über mich ergehen und weite den Mund noch mehr, um ihn nicht mit den Zähnen zu verletzen. Ein gedämpftes Stöhnen entfährt mir, als sein Schwanz in mir zu pulsieren beginnt und er über mir keucht.

Vermehrte Lusttropfen kündigen seinen Orgasmus

an, bevor sich seine Hoden ruckartig zusammenziehen. Die Muskeln an seinen Beinen zucken, und sein Griff um mein Haar wird noch gröber. Er stößt sein Becken ein paar Mal nach oben, um tief in meiner Kehle abzuspritzen, und ich verharre reglos über seinem Schoß.

»Verdammt«, murmelt er heiser, als er mir auch den letzten Tropfen seines Spermas gegeben hat und meinen Kopf nach oben zieht. »Schluck es.«

Ich schließe den Mund und folge seinem Befehl anstandslos. Meine Lippen fühlen sich geschwollen und mein Hals ganz wund an. Jedes Mal lässt er mich an einer anderen Stelle wund zurück, und ich liebe, dass ich die Erinnerung an diese verbotene Sache nicht nur in meinem Kopf behalten werde. Zumindest für eine kurze Zeit.

Als ich mich aufrichte, bemerke ich, zu zittern. Ich wische mir die Tränen aus den Augenwinkeln und den Speichel vom Kinn, bevor ich mein unordentliches Haar richte und mich befangen im Sitz zurücklehne. Meine Wangen glühen gleichzeitig vor Scham und Erregung.

Seine blauen Augen treffen auf meine, doch er gibt kein Wort von sich. So auch ich nicht. Er startet den Motor, legt den Rückwärtsgang ein, und bringt den Wagen wieder auf den Schotterweg. Schweigend fährt er mich zurück zum Haus, während ich mich nur mühevoll davon abhalten kann, ihn anzuflehen, sich bei mir zu revanchieren. Das Bedürfnis, zu kommen, war noch nie zuvor so stark.

Vor meinem Haus wendet er erst, bevor er den Wagen zum Stillstand bringt. Immer noch stumm beugt er sich über mich und öffnet die Beifahrertür. Ein stiller Befehl, auszusteigen.

Mit weichen Knien und aufkeimender Enttäuschung in der Brust steige ich aus dem Wagen und werfe ihm einen letzten, flehentlichen Blick zu, den er ignoriert.

Stattdessen greift er nach der Autotür und sagt: »Ich heiße Dalton.«

Und dann fährt er davon.

Wieder ist es mitten in der Nacht, als mich etwas unsanft aus dem Schlaf reißt. Dieses Mal ist es kein Geräusch, sondern eine Hand, die sich fest auf meinen Mund presst.

Mein erster Impuls ist es, um mich zu schlagen und zu schreien, doch kaum legt sich die Benommenheit, atme ich den vertrauten Duft von Seife und Zigarren ein und werde sogleich ruhig.

Ich blinzele durch die Dunkelheit nach oben und starre direkt in Daltons Gesicht. Sein maskuliner Oberkörper schwebt über mir. Er steht direkt neben meiner Bettseite.

Als er die Hand von meinem Mund nimmt, öffne

ich ihn, um etwas zu sagen, doch er gibt einen unwilligen Laut von sich und so schließe ich ihn wieder. Dann reißt er grob die Bettdecke von meinem Körper und ich kann sehen, wie sich seine Muskeln mit einem Mal verhärten, als er entdeckt, dass ich darunter nackt bin.

Nun ist es kein Geheimnis mehr, dass ich in der Erwartung seines nächtlichen Besuches zu Bett ging. Da ich ihn seit zwei Tagen nicht zu Gesicht bekommen habe, war diese immens hoch.

»Warum schließt du deine Haustür nicht ab?«, durchbricht seine tiefe Stimme die Stille zwischen uns, und ich bekomme unwillkürlich vom Klang davon eine Gänsehaut am ganzen Körper.

»Weil ich dir kein Hindernis in den Weg legen will«, erwidere ich ehrlich.

Sein Kiefermuskel zuckt, und dann ist er auch schon auf mir. Wie ein bedrohlicher Schatten schwebt sein Körper über meinem, seine Arme halten mich unentrinnbar unter sich gefangen. Ich presse die Schenkel zusammen und atme ihm schwer ins Gesicht, als er den Kopf zu mir hinunterbeugt.

»Das ist dumm«, raunt er mir zu. Seine Hand bewegt sich zu meiner Seite und umschließt die meine, bevor er meinen Arm nach oben befördert. Als meine Finger den hölzernen Bettrahmen berühren, krallen sie sich automatisch darum.

Nachdem er auch meinen anderen Arm über meinen Kopf befördert hat, reibt er seinen Bart an meiner Wange und flüstert an meinem Ohr: »Vielleicht habe ich vor, böse Dinge mit dir zu tun, Sara.«

Ich spanne mich unter ihm an und beiße mir auf die Lippe. Ein Flehen, dass er bitte unbedingt all die bösen Dinge mit mir tun soll, die ihm vorschweben, liegt mir auf der Zunge, doch ich schlucke es hinunter.

»Bleib so«, befiehlt er mir streng und bewegt sich an meinem Körper hinunter. Sein Bart kratzt dabei über meine empfindliche Haut. »Wenn du dich bewegst, höre ich auf.«

Ehe ich verstehen kann, was er vorhat, verschwindet sein Gesicht schon zwischen meinen Beinen. Er packt meine Schenkel, spreizt sie, bis es wehtut, und presst seinen Mund auf meine intimste Stelle, die unwillkürlich zu pochen beginnt.

Ich stöhne auf und kneife die Augen krampfhaft zusammen. Seine Lippen saugen an mir und seine Zunge schnellt auf meine Perle. In mir lodern die Flammen der Begierde auf. Mein Magen zieht sich sengend heiß zusammen.

Je länger er an mir saugt und leckt, desto unruhiger werde ich. Mein Becken zuckt in dem Bedürfnis, sich ihm entgegen zu bäumen, und meine Finger verkrampfen sich um den Bettrahmen. Als er seine Hände rau über meinen Körper gleiten lässt, biege ich den Rücken keuchend durch. Seine großen Hände umfassen meine Brüste und packen fest zu. Er knetet sie so grob, dass sich ein Wimmern aus meinem Mund stiehlt.

Doch dann entfährt mir ein heiserer Schrei, als er meine Brustwarzen zwischen Daumen und Zeigefinger einklemmt und fest kneift.

Ich reiße die Augen auf und starre zittrig auf ihn herab. Verdammt, das tat weh, aber gleichzeitig pulsieren Hitzewellen durch meinen Körper. Ein Teil in mir verlangt nach mehr, während ein anderer um Gnade winselt.

Daltons Blick ist unverwandt auf mein Gesicht gerichtet, während er weiterhin an mir saugt, knabbert und leckt. Seine Daumen streichen sanft über meine beleidigten Brustwarzen, woraufhin sich mein Körper wieder entspannt.

Kaum schließe ich die Augen wieder, wirbelt ein weiterer Schrei in meiner Kehle. Erneut hat er meine Brustwarzen zwischen seine Finger genommen und auf eine fiese Weise verdreht. Tränen brennen in meinen Augen, doch ich wage es nicht, mich zu rühren. Ich will nicht, dass er aufhört, selbst wenn das bedeutet, den Schmerz ertragen zu müssen.

Dalton quält mich lange so. Immer wieder treibt er mich mit seinen Lippen an den Rand eines Höhepunkts, lässt mich in den Himmel abheben und schweben, nur um mich dann mit den Fingern direkt in die Hölle zu schicken. Ich stöhne, wimmere und bettele, rühre mich jedoch nicht vom Fleck.

Er taucht seine Zunge in mich, während er meine inzwischen malträtierten Nippel liebkost, und wartet auf das Verkrampfen meiner Waden, das einen

Orgasmus ankündigt, ehe er seinen Mund und seine Hände abrupt von mir nimmt.

Verzweifelt sehe ich auf ihn herab. Alles in mir schreit nach Erlösung, doch es scheint, als wolle er sie mir noch nicht schenken.

Stattdessen weicht er von mir und öffnet seine Hose. Ich bleibe weiterhin so liegen, die Hände um den Bettrahmen geschlungen, und beobachte ihn dabei, wie er sich seiner Kleidung entledigt. Zum ersten Mal gewährt er mir, ihn in seiner vollen Pracht zu bewundern. Sein nackter Körper schüchtert mich zu gleichen Teilen ein, wie er mich in Ekstase versetzt.

Dieser Mann ist gebaut wie ein verdammter Krieger.

Als er mich ruckartig an den Beinen nach unten zerrt, japse ich und kralle mich in die Bettlaken. Er positioniert sich zwischen meinen Beinen und schlingt sich diese um seine Hüften. Mein Herz galoppiert wie wild, und meine Mitte zieht sich schon jetzt sehnsüchtig zusammen, weil sie es kaum erwarten kann, sich mit ihm zu vereinen. Ihn dabei nun ansehen und berühren zu können, fühlt sich plötzlich intim an.

Offensichtlich zu intim für ihn, denn als ich die Hand nach ihm ausstrecke, fängt er sie vor seiner Brust ab und drückt sie oberhalb meines Kopfes auf die Matratze. Dasselbe tut er auch mit meiner anderen. Ich sehe schwer atmend in sein Gesicht auf, als er sich über mich beugt, und verknote die Füße an seinem strammen Hintern. Wenigstens kann ich ihn auf diese Weise spüren.

Gleich darauf spüre ich ihn fast zu viel, als er mit einem harten Stoß bis zum Anschlag in mich eindringt. Stöhnend schlage ich den Kopf auf die Matratze und bäume mich mit dem Rücken auf. Dalton senkt den Kopf und beißt in meine wunde Brustwarze. Ich zucke zusammen.

Dann fickt er mich mit stetigen Schüben. Sein Becken wogt hart und heftig gegen mich, während sein Schwanz so tief in mich gleitet, dass es beinahe zu tief ist. Die Reibung ist extremer als sonst, da ich tatsächlich immer noch etwas wund von unserem letzten Mal bin, doch der Winkel, den er trifft, ist perfekt, und so steuere ich direkt dem Höhepunkt zu, der schon die ganze Zeit in mir schlummert und nur darauf wartet, auszubrechen.

Dalton knurrt, als ich mich um ihn herum verkrampfe. Ich erzittere vor Wonne und bewege atemlos mein Becken gegen ihn, um seinen tiefen Stößen entgegenzukommen. Meine inneren Muskeln melken seinen Schwanz, der sich weiterhin in mich bohrt, als wolle er mich entzweien. Der Orgasmus fegt wie ein Orkan über mich hinweg und lässt mich in Trümmern zurück.

Dann spüre ich plötzlich seine Hand auf meiner Kehle und fühle, wie mir der Sauerstoff ausgeht. Seine Finger schlingen sich um meinen Hals und üben Druck darauf aus, bis sie mir sämtliche Sauerstoffzufuhr abgeschnitten haben. Meine Augen werden groß, und meine Brust verkrampft sich in einem Anflug von Panik.

»Noch einmal«, stößt er rau hervor.

Die Worte klingen wie ein Befehl, und mein Körper reagiert gehorsam darauf, indem er sich ein weiteres Mal krampfhaft anspannt. Die Spannung in mir schnellt rekordverdächtig hoch, während das Bedürfnis, Luft zu holen, immer erdrückender wird. Dichter Nebel sickert in meinen Kopf, und meine Augenlider werden schwer.

Dalton schiebt seine andere Hand zwischen uns und reibt grob und schnell über meine geschwollene Perle. Augenblicklich beginne ich, zu zucken, und schon in der nächsten Sekunde explodiere ich unter ihm. Mein Mund öffnet sich für einen verzweifelten Schrei, doch bloß ein hilfloses Krächzen schafft es über meine Lippen.

Als ich drohe, in die Bewusstlosigkeit zu gleiten, gibt er meine Kehle frei und entlädt sich mit einem primitiven Laut in mir. Ich huste wild und sehe benommen in sein lustverzerrtes Gesicht auf. Sein Becken stößt ein letztes Mal hart gegen mich, während ich gierig Luft in meine Lunge sauge. Ich spüre, wie sich sein Sperma in mir verteilt. Meine Hand findet sein Haar, als er keuchend auf meiner Brust zusammensackt.

Mit einem erschöpften Lächeln auf den Lippen schließe ich die Augen und lasse die Finger durch die dichten Strähnen gleiten. Ich drücke die Fingerkuppen in seine Kopfhaut und massiere sie, bis er sich merklich über mir versteift.

Plötzlich reißt er sich förmlich von mir los und steigt aus dem Bett. Verunsichert beobachte ich ihn dabei, wie er in Eilgeschwindigkeit in seine Kleidung schlüpft und das Schlafzimmer verlässt, als würde es im Haus brennen und er müsse um sein Leben laufen, um es rechtzeitig herauszuschaffen.

Ich höre die Haustür mit einem lauten Knall ins Schloss fallen und zucke zusammen.

Schlaflos liege ich noch die halbe Nacht lang wach und frage mich, was sein abrupter Abgang zu bedeuten hat.

KAPITEL 8

Am nächsten Morgen kann ich an nichts anderes denken als an Daltons übereiltes Verschwinden in der Nacht. Ich bin es gewohnt, dass er sich wortlos aus dem Staub macht, da er nicht sehr viel Wert auf Kommunikation zu legen scheint, und verstehe auch, dass sich diese Sache zwischen uns jeglicher Normalität entzieht, und dennoch beschäftigt mich der Grund für sein Verhalten.

In dem einen Moment haben wir noch phänomenalen Sex, und im nächsten flüchtet er förmlich aus meinem Haus. Es lag wohl an der Sache, die dazwischen passiert ist.

Ich habe seinen Kopf gestreichelt, als er auf meiner Brust lag. Warum jedoch hat ihn das gestört? Mag er es nicht, berührt zu werden? Er hat es mir noch nie erlaubt und offensichtlich bereut, dass er auch dieses Mal nicht schnell genug war, um es zu verhindern.

Obwohl ich nicht weiß, was ich mir davon erwarte, mache ich mich direkt nach dem Frühstück auf den Weg zu seinem Haus. Ich spaziere durch den Wald und bin erleichtert, seinen blauen Pick-up aus der Ferne zu entdecken. Er ist also zu Hause.

Nervös fahre ich mir durchs Haar und sehe mich vor seinem Haus um, bevor ich die Veranda betrete und einen Blick durch das Fenster neben der Tür werfe. Ich kann ihn nirgendwo entdecken, also klopfe ich zögerlich an.

Keine Reaktion.

»Dalton?«, rufe ich, doch immer noch tut sich nichts hinter der Tür.

Aus einem Impuls heraus versuche ich, sie zu öffnen, und halte inne, als sie nachgibt. Meine innere Stimme tadelt mich, da es der Anstand verbietet, fremde Häuser ohne Erlaubnis des Eigentümers zu betreten, doch die andere Stimme in meinem Kopf erinnert mich daran, dass Dalton selbst keinen Wert auf Anstand und Manieren legt.

Also öffne ich die Tür komplett und trete ein. Ich schließe sie leise hinter mir, als ich ihn nirgendwo entdecken kann, und lausche aufmerksam. Aus dem oberen Stockwerk kann ich laufendes Wasser hören. Er duscht wohl gerade.

Ich sollte gehen, oder zumindest vor der Tür darauf warten, dass er aus dem Bad kommt und mein Klopfen hört, doch ich bin neugierig und sehe mich in seinem Haus um. Erst bloß ganz unschuldig, dann bewege ich mich durch den Raum und sehe mir seine Möbel und Einrichtung genauer an. Alles besteht aus dunklem Holz, wirkt rustikal und eigentümlich. Wie er.

Dalton scheint ordentlich zu sein. Nirgendwo liegt etwas herum, das dort nicht hingehört, und die Küche ist um einiges aufgeräumter als meine eigene. Ich sehe mich nach den typischen Dingen um, die darauf hindeuten, dass hier ein alleinstehender Mann lebt – schmutziges Geschirr in der Spüle, Krümel auf der Arbeitsplatte der Küchentheke, ein voller Müllsack –, doch ich kann rein gar nichts finden, worüber jede anständige Hausfrau den Kopf schütteln würde.

Mit heftig pochendem Herzen durchquere ich den Raum zur Kommode, auf der der Fernseher steht. Immer noch liegen hier seine Zigarren, und ich schnappe mir eine davon und rieche daran. *Sein Duft.* Danach sehe ich mich nach Bilderrahmen oder anderen persönlichen Gegenständen um, kann jedoch keine entdecken.

Stattdessen entdecke ich einen niedrigen Stapel Dokumente und überfliege neugierig ein paar Zeilen darauf. Finanzkram. Offenbar gehören Dalton einige Aktien, oder er spekuliert damit. Ich lese etwas von Anteilen, die er an einer Softwarefirma besitzt, über die ich glaube, schon einmal etwas gelesen zu haben. Das erlaubt ihm also, ein nettes Leben zu führen, ohne täglich morgens zu einer Arbeitsstelle aufbrechen zu müssen. Interessant.

Dann erregt eine kleine, hölzerne Kiste unter dem Couchtisch meine Aufmerksamkeit. Ich versuche inständig, mich davon abzuhalten, sie zu durchwühlen, doch meine Neugierde ist zu groß und so knie ich schon in der nächsten Sekunde davor. Ich ziehe sie unter dem Tisch hervor und drehe den kleinen Schlüssel, der darin steckt, bevor ich den Deckel anhebe und einen Blick hineinwerfe.

Stapelweise Polaroids befinden sich darin. Allerdings liegen die Bilder verkehrt herum, und so kann ich auf den ersten Blick nicht erkennen, was darauf abgebildet ist.

Ich zögere, weil sich das hier auf gleich mehrere Arten falsch anfühlt. Meine Finger zucken in dem Bedürfnis, die Bilder in die Hand zu nehmen und durchzusehen. Ich kämpfe dagegen an, soll jedoch nicht erfahren, ob ich den Kampf gewonnen oder verloren hätte, da plötzlich schwere Schritte auf der Treppe ertönen und ich wie ein verschrecktes Kaninchen aufspringe.

Und dann steht Dalton plötzlich vor mir. Er trägt bloß ein weißes Handtuch um seine Hüften, Wasserperlen benetzten seine pralle Brust. Sein Blick ist finster auf mich gerichtet.

Als seine Augen zur geöffneten Holzkassette auf dem Boden schweifen, verdunkelt sich seine Miene noch mehr, sodass ich tatsächlich Angst vor ihm bekomme. Die Ader an seinem Hals zuckt verdächtig.

»Was zur Hölle tust du da?«, grollt er und kommt mit einem großen Schritt auf mich zu.

Ich stolpere nach hinten und stammele panisch: »Ich ... ich wollte zu dir, und dann ...«

»Und dann hast du einfach meine Sachen durchsucht?«, herrscht er mich an, purer Zorn schwingt in seiner Stimme mit. Sie wird mit jedem seiner Worte lauter, und seine Körperhaltung angriffslustiger. »Verschwinde aus meinem Haus. Sofort!«

Ruckartig wende ich mich ab und stürme nach draußen. Keuchend laufe ich in Richtung des Waldes und werfe immer wieder einen Blick über meine Schulter, um zu sehen, ob er mir folgt.

Nach ein paar Sekunden erscheint Dalton auf der Veranda, sein düsterer Blick verfolgt mich. Doch er selbst tut es nicht, und darüber bin ich tatsächlich froh.

Verdammt. Was habe ich mir bloß dabei gedacht, seine Sachen zu durchwühlen?

Ab sofort wäre es wohl doch besser, meine Haustür abzuschließen, um ihm Hindernisse in den Weg zu legen, sollte er zu mir wollen. Ich ahne, dass sein nächster Besuch bei mir nicht so befriedigend für mich ausfallen wird wie die zuvor.

In den nächsten Tagen sehe ich Dalton nicht mehr, was vermutlich daran liegt, dass ich mein Haus kein einziges Mal verlassen habe. Seine nächtlichen Besuche blieben zudem aus. Obwohl er mich bei unserer letzten Begegnung panisch in die Flucht getrieben hat, kann ich nicht leugnen, dass ich enttäuscht darüber bin. Insgeheim wollte ich, dass er das Hindernis in Form des Türschlosses überwindet und nachts wieder unangekündigt in meinem Schlafzimmer auftaucht.

Dass er wütend ist, kann ich verstehen. Ich habe eine Grenze überschritten, als ich seine persönlichen Sachen durchstöbert habe. Allerdings hat er ebenfalls schon mehr als bloß eine Grenze überschritten, was meine Privatsphäre betrifft, und ich bin ein Freund von Fairness.

Da seine Reaktion nicht nur auf die Tatsache zurückzuführen ist, dass ich unerlaubter Weise sein Haus betreten und mich dort umgesehen habe, sondern eher auf meine Entdeckung der kleinen Holz- kassette, frage ich mich nun natürlich, was auf den Fotos darin zu entdecken ist.

Die Frage treibt mich in den Wahnsinn. Die kühnsten Fantasien gehen mit mir durch, und in den meisten davon kommt er nicht sehr gut weg.

Vielleicht ist er tatsächlich ein Serienmörder und versteckt in der Truhe Fotos seiner Opfer. Möglich wäre auch, dass er ein kranker Stalker ist, der heimlich Fotos von *mir* geschossen hat, während ich geschlafen habe.

Letzteres wäre mir egal, aber die andere Sache …

Nicht zu wissen, was sich auf den Fotos befindet,

lässt mir keine Ruhe. Daher habe ich einen waghalsigen Plan geschmiedet. Ich rede mir ein, dass ich als anständige Bürgerin dazu verpflichtet bin, herauszufinden, was Dalton versteckt, sollte es etwas so Abscheuliches sein wie das, was sich mein krankes Hirn ausmalt. Es wäre gefundenes Futter für all die Leute im Dorf, die schon seit jeher davon überzeugt sind, dass etwas mit ihm faul ist.

Nur deswegen fühle ich mich nicht schlecht, als ich hinter einem Müllcontainer hocke und Dalton dabei beobachte, wie er aus seinem Wagen steigt und in den Supermarkt marschiert. Ich warte noch ein paar Sekunden, ehe ich dahinter hervortrete und mich aufmerksam umsehe. Ich muss mich vergewissern, dass mich niemand bei dieser kleinen Schandtat beobachtet.

Als ich sichergestellt habe, dass ich unbeobachtet bin, schlendere ich in aller Ruhe zu seinem blauen Pick-up und spiele alibimäßig mit dem Handy in meiner Hand herum. Ich halte es an mein Ohr und führe ein kurzes Selbstgespräch, während ich mich mit dem Rücken an die Fahrertür anlehne.

Dann ziehe ich mein mitgebrachtes Messer aus der Hosentasche und steche es blind in den Vorderreifen.

Mit einem leisen Zischen tritt die Luft heraus, als ich es wieder herausziehe, doch ich gehe auf Nummer sicher und steche noch einmal zu, bevor ich das Messer rasch wieder in meiner Hosentasche verstaue. Ich beende mein Selbstgespräch mit einem »Alles klar, wir hören uns, Süße!«, und schlendere zu meinem Wagen, der am anderen Ende des Parkplatzes steht.

Als mich plötzlich jemand an der Schulter berührt, fahre ich mit einem Schrei herum.

»Oh mein Gott, tut mir leid!«, sagt Cassie, die Pfarrerstochter, und kichert mit geröteten Wangen. »Ich wollte dich nicht erschrecken.«

»Schon gut«, erwidere ich mit Herzrasen und lasse den Blick zum Eingang des Supermarktes schweifen. »Sorry, ich habe es eilig. Reden wir ein andermal?«

»Klar, kein Problem«, erwidert sie freundlich. »Kommst du mal ins Diner? Dann können wir zusammen einen hausgemachten Eistee trinken und einen Muffin –«

»Auf jeden Fall«, würge ich sie ab, als ich plötzlich Dalton entdecke, der den Supermarkt wieder verlässt. Verdammt! Er war kaum fünf Minuten darin, und ich sehe nirgendwo eine Einkaufstüte in seinen Händen. Vielleicht hat er etwas im Wagen vergessen?

Ich muss hier schleunigst weg.

»Bis bald«, verabschiede ich mich gehetzt von Cassie, bevor ich auf dem Absatz kehrtmache und zu meinem Wagen stürme.

»Deine Haare sehen übrigens echt cool aus!«, ruft sie mir hinterher.

Ich zwinge mir ein Lächeln ins Gesicht, als ich an ihr vorbeifahre, und trete das Gaspedal voll durch, kaum erreiche ich die Straße. Dann düse ich zurück nach Hause, nehme jedoch die Abzweigung durch den

Wald zu Daltons Haus und parke unmittelbar davor. Ich schalte den Motor aus, steige aus, und sehe in den Wald, um mich zu vergewissern, dass mir niemand gefolgt ist.

Zu meinem Glück hat Cassie mir bei unserer ersten Begegnung verraten, dass Dalton ein übles Gewohnheitstier ist, und so wusste ich, wo ich ihn heute gegen zwölf Uhr antreffen kann. Sollte er den zerstochenen Reifen jetzt schon bemerken, bleibt mir trotzdem genügend Zeit, um in sein Haus einzubrechen und die Kiste zu durchwühlen, ehe er den Reifen gewechselt hat.

Ich komme mir total verrückt vor, aber selten hat sich etwas so verdammt aufregend angefühlt.

Adrenalin rauscht durch meine Adern, als ich systematisch alle Fenster zu öffnen versuche, nachdem ich feststellen musste, dass er die Tür abgeschlossen hat. Eines der Fenster lässt sich mit Leichtigkeit aufschieben, da er es von innen nicht verriegelt hat. Ich zögere nicht und klettere hindurch.

Ich lande auf dem Boden neben seiner Couch und blicke direkt unter den Couchtisch. Die Holzkassette ist verschwunden.

Meine Befürchtung, das Geheimnis, das er darin versteckt, sei grausam, bestätigt sich hiermit.

»Bitte lass mich keinen Sex mit einem Serienmörder gehabt haben«, murmele ich vor mich hin und falte die Hände wie beim Beten, während ich den ganzen Wohnraum nach der kleinen Kiste durchsuche.

Ich öffne alle Schränke in der Küche, schaue in der Kommode im Wohnzimmer nach und krabbele über den Boden, um unter die Couch zu spähen, doch ich kann sie nirgendwo entdecken. Kurzerhand laufe ich nach oben und betrete Daltons Schlafzimmer. Der Geruch von Seife und Zigarren steigt mir in die Nase und ich verdränge, welch unangebrachte Gefühle er in mir weckt.

Daltons Schlafzimmer ist wie der Rest des Hauses ordentlich und sauber, aber düster. Das Dekor und Mobiliar sind größtenteils schwarz. Ich grusele mich ein wenig, als ich mich auf die Suche nach der Kiste mache, dafür alle Schränke und Kommoden öffne, jedoch nichts finde.

Zumindest nicht, wonach ich gesucht habe.

Was ich stattdessen finde, lässt Hitze in meinen Wangen aufsteigen.

Sexspielzeug in einer besorgniserregend hohen Menge und jeder Art. Die untere Hälfte einer Kommode ist voll davon, und einen kleinen Karton in seinem Kleiderschrank finde ich ebenfalls. Darin befinden sich Handschellen, Augenbinden, schwarze Seile, Dildos, Vibratoren, Peitschen, Gerten, Klemmen, Analstöpsel und einiges mehr, das selbst ich als Autorin von Erotikromanen nicht kenne.

Oh mein Gott. Benutzt er dieses Sexspielzeug etwa an seinen Opfern? Ist er wirklich ein perverser Irrer? Warum hat ein alleinstehender Mann eine ganze

Sammlung von derartigen Spielzeugen alias Folterinstrumenten zu Hause?

Hilfe.

Verstört schließe ich alle Schubladen und Schränke wieder und laufe die Treppe nach unten. Meine Alarmsirenen schrillen entsetzlich laut, als ich auf das Fenster zustürme, durch das ich geklettert bin.

Und welches nun nicht mehr offen steht.

»Bist du fündig geworden, Sara?«

Mit einem Keuchen und geweiteten Augen fahre ich herum und trete hart schluckend zurück. Dalton lehnt mit verschränkten Armen an der Couch, sein Blick düster auf mich gerichtet.

Wie ist er so schnell hierhergekommen, verdammt noch mal?

»Es war klug, meinen Reifen aufzustechen«, presst er mit tiefer Stimme hervor, die in Anbetracht der Situation verdächtig ruhig klingt. »Allerdings hast du vergessen, dass einem die Menschen hier ihre Hilfe förmlich aufzwingen. Und nachdem ich dich auf dem Parkplatz entdeckt und wie eine Verrückte wegfahren gesehen habe, habe ich mich kurzerhand von jemandem nach Hause bringen lassen.«

Oh. Scheiße.

»Warum wusste ich bloß, dass ich dich hier finden würde?«, fragt er und stößt sich von der Couch ab.

Ich bleibe wie erstarrt stehen und gehe gedanklich meine Möglichkeiten durch.

Ich könnte versuchen, ihn zu überwältigen und

wegzulaufen, doch die Chancen dazu stehen in Anbetracht unseres Größen- und Gewichtsunterschiedes niederschmetternd gering. Alternativ könnte ich ihn ablenken und in einer Sekunde der Unachtsamkeit die Flucht ergreifen, doch vermutlich wäre er schneller und würde mich einholen. Vielleicht könnte ich …

Meine Gedanken sind wie weggefegt, als er mich erreicht und mit einer Hand im Gesicht packt. Sein Griff ist nicht grob oder gar brutal – im Gegenteil. Beinahe sanft schließen sich seine Finger um meinen Kiefer und drücken meinen Kopf in die Höhe, sodass ich in sein Gesicht aufsehen muss. Die Wut ist aus seinem Blick gewichen, doch der Sturm in seinen blauen Augen beunruhigt mich genauso sehr.

»Liegt es an mir oder bist du immer so neugierig und mutig?«, will er leise wissen und es klingt, als hätte er ehrliches Interesse an meiner Antwort. Außerdem bezieht sich die Frage auf weit mehr als meinen kleinen Einbruch.

»An dir«, wispere ich angespannt und beobachte, wie sich seine Miene verändert. Dennoch bleibt sie unergründlich für mich; eine unzulängliche Maske, die jedes seiner Geheimnisse vor mir verbirgt.

Da fällt mir plötzlich das Messer in meiner Hosentasche ein. Im Bruchteil einer Sekunde greife ich danach und will es drohend vor mich halten, doch Dalton reagiert blitzschnell und reißt es mir aus den Fingern. Es landet mit einem dumpfen Geräusch auf dem Boden.

Nun flackert etwas Bedrohliches in seiner Miene auf, und ich reagiere impulsiv.

Mein Knie schießt nach oben und landet hart zwischen seinen Beinen. Keuchend krümmt er sich, und ich schiebe das Fenster auf und klettere hinaus.

»Sara«, grollt seine Stimme hinter mir, bevor er meinen Fuß zu fassen bekommt und ich vornüber aus dem Fenster kippe. Ich schreie und trete nach ihm, und er lässt von mir ab. »Komm zurück!«

»Hilfe!«, kreische ich, wohlwissend, dass mich niemand hören kann.

Ich hechte auf meinen Wagen zu und reiße die Fahrertür auf. Als ich mich hinter das Steuer werfe, blinzele ich irritiert zum Zündschloss.

»Suchst du den hier?« Dalton marschiert mit sadistischer Gelassenheit aus der Haustür, an seinem Zeigefinger baumelt mein Autoschlüssel. »Du solltest ihn nicht steckenlassen, während du in jemandes Haus einbrichst.«

Panisch flüchte ich aus dem Wagen und in den Wald. Ich bekomme schon nach wenigen Metern Seitenstechen und halte mir ächzend die linken Rippen, während ich in Rekordtempo vorwärtslaufe. Als ich einen Blick über die Schulter werfe, entdecke ich Dalton unmittelbar hinter mir. Er läuft mir hinterher und ist um einiges schneller als ich.

Gleich wird er mich einholen. Oh Gott.

»Lass mich in Ruhe!«, schreie ich und lege noch einen Zahn zu.

Mir geht allmählich der Sauerstoff aus, und meine untrainierten Beine verlangen nach einer sofortigen Pause, die ich ihnen nicht gewähre.

»Hilfe!«, schreie ich wieder. Der Hilferuf hallt im Wald wider. Vögel und Eulen fühlen sich davon belästigt und flattern eilig davon.

Und dann bringt er mich zu Boden. Sein schwerer Körper drängt sich von hinten an den meinen, und ich stolpere über meine eigenen Füße und stürze. Wir fallen gemeinsam, und mir entweicht jeglicher Sauerstoff aus der Lunge, als sein Gewicht auf meinen Rücken prallt.

Verzweifelt versuche ich, von ihm weg zu krabbeln, habe jedoch keine Chance. Ich kann mich unter ihm kaum bewegen, nur hilflos mit den Armen rudern.

Bilder aus meiner Kindheit rauschen durch meinen Kopf, als ich krächze: »Bitte, bring mich nicht um!«

Dalton lacht hinter mir und befreit mich von seinem Gewicht. Erleichterung keimt in mir auf, doch sie verpufft augenblicklich, als er mich mit beiden Händen packt und hochhebt. Er wirft mich über seine harte Schulter und trägt mich zurück zu seinem Haus.

Wie am Spieß schreiend, schlage ich auf seinen muskulösen Rücken ein und strampele wie ein kleines Kind. Unbeirrt marschiert er weiter, einen Arm um meine Beine geschlungen, und pfeift dabei vor sich hin. Ich werde immer hysterischer und schreie mir die

Seele aus dem Leib, bis er mir mit der flachen Hand auf den Hintern schlägt und ich vor Schreck verstumme.

»Halt den Mund oder ich versohle dir noch hier im Wald den Hintern«, droht er mir, klingt dabei aber seltsam ruhig. Nicht wie jemand, der gerade plant, eine Frau zu zerstückeln und danach im Wald zu vergraben.

Trotzdem beruhigt mich das kein bisschen. Je näher wir seinem Haus kommen, desto heftiger wummert die Panik in meiner Brust. Ich kann kaum noch atmen.

Also tue ich das Einzige, das mir in den Sinn kommt: Ich kralle die Nägel durch das Shirt in seinen Rücken und zerkratze wie eine Furie seine Haut.

Ein schmerzerfüllter Laut steigt seine Kehle empor, dicht gefolgt von einem wütenden Knurren. In der nächsten Sekunde hat er mich auf den Boden geworfen, ein Knie auf meinen Rücken gestützt und meine Hose die Schenkel hinuntergezerrt. Schockiert weite ich meine Augen und zucke zusammen, als seine flache Hand auf meine nackte Pobacke trifft.

»Ich habe dich gewarnt.« Noch ein Hieb landet auf meiner rechten Pobacke, dann einer auf meiner linken. Ich wimmere, bin vor Überraschung völlig überrumpelt. Meine Finger graben sich in den schmutzigen und feuchten Waldboden. »Du wolltest nicht hören, Sara.«

Eine tief in mir verborgene Sehnsucht regt sich,

doch ich verbitte mir, ihr Beachtung zu schenken. Oder dem plötzlichen Pochen zwischen meinen Schenkeln, die ich wie unbewusst zusammenpresse.

»Bitte.« Das Wort kommt gehaucht über meine Lippen. Ich schäme mich dafür, ihn insgeheim darum zu bitten, weiterzumachen, obwohl ich gerade noch die Flucht vor ihm ergriffen habe, weil ich befürchte, er könnte ein Serienmörder sein.

Ich winde mich und stöhne auf, als er daraufhin noch fester zuschlägt. Seine große Handfläche saust auf meinen Hintern nieder, und meine Haut beginnt unwillkürlich zu pulsieren. Auf meiner Wange klebt Matsch, und Blätter verfangen sich in meinem Haar, als ich den Kopf drehe und ihn mit glühendem Gesicht betrachte.

»Ist es das, was du wolltest?«, fragt er mich, und ich erkenne das Verlangen in seinem Blick und in seiner Stimme. Sie klingt gedämpft und bebt. »Bist du deswegen so ein unartiges Mädchen, Sara?«

Bedürfnisse, die ich bisher mit aller Kraft verdrängt habe, kämpfen sich in mir empor. Die Gefühle in mir spielen verrückt und lassen mich kaum noch klare Gedanken fassen. Mein Verstand sagt mir, dass ich das hier nicht genießen und mich stattdessen wehren sollte, doch alles andere in mir schreit danach, einfach liegen zu bleiben und seine Bestrafung hinzunehmen.

Weil ich ein unartiges Mädchen war.

Noch ein Hieb landet auf meinem Hintern. Ich

stöhne auf und spüre, wie sich Feuchtigkeit zwischen meinen Schenkeln sammelt.

»Antworte, wenn ich dich etwas frage.«

»Nein«, wispere ich mit zittriger Stimme, die nicht auf Panik zurückzuführen ist.

»Also bist du grundlos ein unartiges Mädchen?« Er lächelt auf eine grausame Weise auf mich herab. »Vielleicht wirst du ein braves Mädchen sein, nachdem ich dafür gesorgt habe, dass du eine Woche lang nicht sitzen kannst.«

Ich reiße die Augen auf und winsele, als er gleich darauf ein Dutzend Hiebe in kurzer Folge auf meinen Hintern prasseln lässt. Nun steht er förmlich in Flammen. Meine Finger vergraben sich beim letzten Schlag tiefer in der feuchten Erde.

Als Dalton endlich von mir ablässt, zittert mein Körper heftig.

Auch das ist zu meiner Schande nicht auf Panik oder Furcht zurückzuführen.

Ich bin so verdammt erregt, dass es mich selbst beunruhigt. Das kann doch nicht normal sein. Davon zu fantasieren, den Hintern versohlt zu bekommen, ist die eine Sache, aber sich den Hintern tatsächlich versohlen zu lassen – im Wald von einem Kerl, der ein Mörder sein könnte –, eine völlig andere.

Ich bin zweifelsohne ein Fall für die geschlossene Abteilung. Jetzt ist es sicher.

»Brauchst du noch mehr oder wirst du dich jetzt benehmen?«

Schwer schluckend sehe ich zu ihm auf und schüttele den Kopf. Ich brauche nicht noch mehr, obwohl ich gerne mehr hätte. Mein Hintern pulsiert und brennt, aber ich will nichts lieber, als dass Dalton damit fortfährt, ihn zu verhauen. Weil ich das kaum vor mir selbst zugeben kann, sage ich es auch ihm nicht.

»Gut«, sagt Dalton zufrieden. »Dann steh auf und folge mir.« Mit diesen Worten marschiert er zum Haus, ohne sich ein einziges Mal nach mir umzudrehen. Er weiß, dass ich ihm entgegen meiner Vernunft folgen werde.

Ich bin verwirrt und überfordert, als ich sein Haus betrete und die Tür hinter mir schließe. Meine Kleidung ist voller Dreck und mein Haar voller Blätter, die ich mühsam herausziehe, während Dalton in seine Küche marschiert und sich ein Glas Bourbon einschenkt. Dass er mir keines anbietet, wundert mich nicht. Dabei bräuchte ich es gerade so dringend.

»Also, was hast du hier gesucht?«, fragt er mich dann, als hätten die letzten zwanzig Minuten nie stattgefunden. Seine Augen sind unverwandt auf meine gerichtet, während er sich entspannt an die Küchentheke lehnt und an seinem Bourbon nippt.

»Die Holzkassette«, gestehe ich, da lügen sinnlos erscheint.

Er nickt ausdruckslos. »Hast du sie gefunden?«

Ich schüttele den Kopf.

»Was erwartest du, darin zu finden?«, will er wissen.

»Ich weiß es nicht«, flunkere ich nun doch, da ich mich nicht traue, ihm zu gestehen, dass ich in Betracht ziehe, er könnte ein Serienkiller sein.

Dalton lächelt auf eine wissende Weise, als wäre das auch gar nicht nötig. Er leert das Glas, stellt es auf der Theke ab, und marschiert in Richtung der Treppe. Ich bleibe steif stehen und sehe ihm hinterher, als er die Stufen nach oben verschwindet. Weil er nicht gesagt hat, dass ich ihm folgen soll, tue ich es nicht, sondern warte still darauf, dass er zurückkommt.

Als er es tut, hält er die hölzerne Kiste in den Händen. Mein Herz überschlägt sich.

Er stellt sie auf dem Couchtisch ab und deutet mir mit einem Nicken, zu ihm zu kommen. Zögerlich setze ich einen Fuß vor den anderen und bleibe einen Meter vor dem Tisch stehen.

Unsere Blicke verschmelzen miteinander, als er auf die Holzkassette zeigt und sagt: »Öffne sie, wenn du es für nötig hältst. Der Fund wird dich vermutlich enttäuschen, auch wenn du darin finden wirst, was du dir erhoffst.«

Meine Lider flattern wild, während ich zwischen ihm und der Holzkassette hin und her sehe.

»Etwas über mich zu erfahren, das niemand weiß oder wissen sollte«, ergänzt er, und nun betrachte ich ihn unsicher. »Ich bin nicht bereit dafür, es mit dir zu teilen, also überlege gut, was du als Nächstes tust.

Wenn du die Kiste öffnest, war es das mit unserem kleinen Abenteuer.«

Überrumpelt blinzele ich. Er stellt mir ein Ultimatum, und als wäre es nicht schon schwer genug, eine Entscheidung zu treffen, serviert er mir sein kleines Geheimnis auch noch auf dem Präsentierteller.

Es juckt mir in den Fingern, die Kiste an mich zu reißen und zu öffnen. Ich möchte unbedingt wissen, was sich auf den Fotos befindet und warum er nicht möchte, dass sie irgendjemand sieht. Mehr jedoch will ich unser kleines Abenteuer fortsetzen.

Aus irgendeinem Grund bin ich mir sicher, dass meine Befürchtung, er könnte ein Serienmörder sein, lächerlich und unbegründet ist. Nur, weil er zurückgezogen mitten im Wald lebt und ein paar fragwürdige Angewohnheiten hat, bedeutet das noch lange nicht, dass er wortwörtlich Leichen im Keller hat. Immerhin lebe auch ich für ein paar Wochen freiwillig abgeschottet im Wald. Und ich bin bestimmt keine irre Killerin.

Nur irre.

»Ich will sie nicht öffnen«, beschließe ich also leise. »Aber ich will, dass du mir eine Frage beantwortest.«

Dalton starrt mich an. Der Sturm in seinen blauen Augen legt sich, als hätte er gehofft, ich würde mich für unser Abenteuer und gegen das Lüften seines Geheimnisses entscheiden.

»Welche?«, fragt er mich dann und klingt, als wäre er bereit, sie mir auch zu beantworten.

Also denke ich gut darüber nach, bevor ich zögerlich hervorpresse: »Dieses ganze Sexspielzeug in deinem Schlafzimmer …« Ich räuspere mich verlegen und sehe, wie sein Mundwinkel zuckt, als müsse er lächeln. Auch in seine Augen tritt nun ein amüsierter Ausdruck, als ich fortfahre: »Hast du das mit oder an Frauen benutzt, die das wollten? Ich meine –«

»Ich verstehe genau, was du meinst«, fällt er mir ins Wort, ohne wütend über meine Frage zu klingen, durch die ich durch die Blume wissen will, ob er ein sadistisches Monster ist. »Und nein, ich habe noch nie etwas gegen den Willen einer Frau getan, auch wenn die Dinge, die ich tue, oft recht rücksichtslos und fragwürdig erscheinen.«

Wie beispielsweise in mein Haus einzusteigen und mich glauben zu lassen, er wäre ein Einbrecher, bevor er mich vögelt. Oder mich in dem Glauben zu lassen, er hätte schreckliche Dinge mit mir vor, während er mich in den Wald verfolgt und mir dann den Hintern versohlt.

Langsam verstehe ich unser Spielchen besser. Nämlich, dass es tatsächlich nur ein Spiel ist. Ihm macht es Spaß, und mir auch. Mehr steckt nicht dahinter.

Woher jedoch wusste er von Anfang an, dass er all diese Grenzen bei mir überschreiten könnte? Dass ich mitspielen und es genießen würde?

»Und jetzt geh nach Hause und wasch dir den Dreck ab«, befiehlt er mir und schnappt sich die Holzkassette. Er marschiert in Richtung der Treppe und wirft auf der ersten Stufe noch einen Blick über seine Schulter zu mir. Ein zufriedenes Lächeln umspielt seine Mundwinkel. »Vergiss nicht, deinen Hintern einzuschmieren.«

Ich laufe scharlachrot an und husche aus dem Haus.

KAPITEL 9

*U*ngläubig starre ich auf den Bildschirm meines Laptops, der meine aktuellen Verkaufszahlen zeigt. Vor zwei Tagen habe ich meine neue Novelle veröffentlicht, und offensichtlich gefällt sie meinen Lesern genauso gut wie meiner Lektorin.

Ich habe in zwei Tagen so viel verkauft wie bisher in einer ganzen Woche, und schon doppelt so viele Rezensionen erhalten wie sonst nach gut einem Monat. Die meisten Leser hinterlassen entweder keine, weil sie nicht wissen, wie das funktioniert, keine Zeit dafür haben oder aber gar nicht ahnen, wie viel eine simple Bewertung mir als Autorin tatsächlich bringen kann, oder sie schreiben mir eine private E-Mail mit ihrem Feedback, was mich stets freut, da mir die Meinung meiner Leser immens wichtig ist.

Doch nun scheinen es alle Götter gut mit mir zu meinen, denn ich habe unglaublich viele und überwiegend sehr gute Rezensionen, in denen mich die Leser für meine neue Geschichte loben und schreiben, dass sie die nächste kaum erwarten können. Einige Rezensionen rühren mich tatsächlich zu Tränen, aber das ist nichts Neues. Die Worte meiner Leser nehme ich mir immer sehr zu Herzen – die positiven wie die negativen. Bei Letzterem wünschte ich mir, dass sie mich nicht immer so hart treffen würden.

Obwohl zwei Leserinnen schreiben, dass die Story total pervers und unrealistisch ist und meine Protagonisten einen an der Waffel haben, bin ich überglücklich. Zum einen, weil meine Storys nun mal keine Liebesschnulzen und rein fiktiv sind – daher auch unrealistisch sein dürfen –, und meine Protagonisten einen an der Waffel haben müssen, weil ihre Erschafferin nun mal auch einen an der Waffel hat; und zum anderen, weil ich mit viel mehr negativem Feedback gerechnet habe. Vor jeder Veröffentlichung bin ich ein nervliches Wrack und befürchte das Allerschlimmste. Selbst noch nach vier Jahren und zwölf Büchern.

Nun fällt mir ein riesiger Stein vom Herzen und gleichzeitig bin ich unglaublich motiviert. Einige Leser bitten in ihrer Rezension um eine Fortsetzung der Geschichte, und ich ziehe tatsächlich in Erwägung, ihnen den Wunsch zu erfüllen. Es würde nichts dagegensprechen, mein neu begonnenes Manuskript umzuschreiben.

Schließlich waren auch bei diesem Dalton und

unsere kleinen Abenteuer meine Vorlage und zugleich Inspiration.

Ich bin sofort Feuer und Flamme für die neue Idee und mache mich direkt an die Arbeit. Meine Finger fliegen nur so über die Tastatur, während sich in meinem Kopf all die Szenarien abspielen, die ich mit Dalton erlebt habe. Bilder von der Nacht, in der er mich zum zweiten Mal in meinem Haus überrascht hat, blitzen in meinem Gedächtnis auf, und schließlich auch die Bilder von seiner kleinen Jagd im Wald auf mich und dem, was danach geschehen ist …

Bei der Erinnerung meldet sich ein Pochen in meinen Pobacken. Obwohl das Spanking schon eine Woche zurückliegt, tut mein Hintern immer noch beim Sitzen weh.

Das erinnert mich ungewollt auch daran, dass ich Dalton seit einer Woche nicht mehr zu Gesicht bekommen habe. Er hat mich weder nachts besucht noch habe ich ihn beim Einkaufen getroffen. So auch nicht im Diner gestern Abend, als ich mich mit Cassie auf einen Blaubeer-Muffin getroffen habe.

Der Wunsch, ihn wiederzusehen, erdrückt mich beinahe. Mehrmals stand ich kurz davor, zu ihm rüberzugehen, habe es dann jedoch gelassen. Unser letztes Zusammentreffen war intensiv, obwohl wir keinen Sex hatten, und es wird einen Grund geben, weshalb er sich seither nicht bei mir blicken ließ.

Ich übe mich in Geduld und bin zuversichtlich, dass er schon bald wie aus dem Nichts auftauchen wird. Vorzugsweise mitten in der Nacht und nackt in meinem Schlafzimmer.

Ich verbringe noch ein paar Stunden damit, an meinem Manuskript zu arbeiten, bis sich die Vorboten einer Migräne bemerkbar machen und ich den Laptop widerwillig ausschalte. Anschließend gehe ich nach oben, nehme eine heiße Dusche und mache mir eine Kleinigkeit zu essen. Da es heute angenehm warm ist, spaziere ich auf die Veranda und genieße die frische Luft und abendliche Stille.

Ich schiebe mir gerade das letzte Stück Brot in den Mund, als ich es entdecke.

Sofort durchbricht mein rasender Herzschlag die Stille, und das Blut rauscht laut in meinen Ohren.

Auf der obersten Stufe der Veranda liegt ein weißes Kuvert. Es ziert die lederne Gerte, die ich in Daltons Kleiderschrank entdeckt habe.

Augenblicklich schnellt mein Kopf von links nach rechts, und ich sehe mich suchend in der Umgebung um. Ich kann weder ihn noch seinen Wagen entdecken, weiß aber sicher, dass er hier irgendwo lauert und mich beobachtet.

In meinem Nacken kribbelt es, als ich nervös ein paar Schritte vorwärts mache und seine kleinen Geschenke an mich nehme. Die Gerte fühlt sich rau und unnachgiebig zwischen meinen Fingern an, und meine Kehle wird trocken, als ich mir vorstelle, wie er mir damit den Hintern versohlt.

Gleichzeitig formt sich aus meiner Neugierde der

Wunsch, zu erfahren, wie es sich wohl anfühlen würde.

Aufgeregt öffne ich das Kuvert und fische den kleinen Zettel heraus.

Ich blinzele, als ich die wenigen Worte lese, die darauf notiert sind.

Willst du spielen, Sara?

Wieder schweift mein Blick durch die Gegend. Ich kneife die Augen zusammen und spähe in den Wald, von Dalton fehlt jedoch weit und breit jede Spur. Wo ist er? Und was hat er vor?

Dann entdecke ich einen weiteren Umschlag, der an der Windschutzscheibe meines Autos unter dem Scheibenwischer klemmt. Ohne zu zögern, laufe ich zum Wagen und reiße ihn an mich.

Das Herz sackt mir in die Hose, als ich seine Nachricht lese. Oder besser gesagt, die Spielanleitung.

Das Spiel heißt: ›Lauf, Sara, lauf‹. Ich bin der Jäger, du bist die Gejagte. Dein Ziel: Schaff es raus aus dem Wald, bevor ich dich fange. Schaffst du es nicht, gehörst du in den nächsten vierundzwanzig Stunden mir, und ich werde alles mit dir tun, was ich möchte.

Die Regeln lauten wie folgt:

Regel Nummer 1: Sobald du dem Spiel zugestimmt hast, gibt es kein Zurück mehr.

Regel Nummer 2: Du darfst weder Hilfsmittel wie dein Auto benutzen, um dich schneller fortzubewegen,

noch um eine Pause bitten, um deine Kräfte zu
sammeln. Dafür darfst du dich verstecken.
Regel Nummer 3: Verstößt du gegen eine der Regeln,
wirst du dafür bestraft. Sieh dir die Gerte genau an,
damit du einen Anreiz hast, fair zu spielen. Ich werde
dich nicht damit streicheln, solltest du die Regeln
brechen.
Solltest du gewinnen, lüfte ich das Geheimnis der
Kiste und beantworte dir alle Fragen dazu.
Stimme dem Spiel zu, indem du die Gerte auf der
Motorhaube deines Wagens ablegst, oder lehne es ab,
indem du sie samt den Kuverts an ihren
ursprünglichen Platz zurückbringst.

Mein Atem flattert in meiner Kehle und mein gesamter Körper zittert vor Aufregung, als ich den Zettel in meiner Hand zerknülle. Ich sehe mich ein weiteres Mal um, kann Dalton jedoch nirgendwo entdecken. Er hat sich ein gutes Versteck ausgesucht, um mich zu beobachten.

Und er hat sich ein wirklich krankes Spielchen für uns beide ausgedacht, dem ich, ohne nachzudenken, zustimme. Allein der Gedanke, dass er verrückt genug ist, um sich ein Abenteuer wie dieses für uns einfallen zu lassen, macht mich an. Und der verlockende Gewinn ist Grund genug, um alles dafür zu geben, als Gewinnerin aus dem Spiel zu gehen.

Also lege ich die Gerte auf der Motorhaube ab, werfe die Spielanleitung zu Boden, und laufe los.

Und da zeigt er sich mir.

»Viel Glück, Sara«, sagt er mit einem hämischen Unterton in der Stimme, als er von einem niedrigen Ast eines Baumes unmittelbar neben mir zu Boden hüpft.

Ich schreie erschrocken auf und lege noch einen Zahn zu. Aus dem Augenwinkel erkenne ich, dass er mir ein paar Sekunden Vorsprung gibt, bevor er ebenfalls zu laufen beginnt.

Keuchend stürme ich durch den Wald und sehe mich nach Versteckmöglichkeiten um. Da ich schon feststellen musste, wie schlecht meine Kondition ist, muss ich einen Ort finden, um eine kurze Verschnaufpause einzulegen, sonst habe ich keine Chance. Im Wald ist es finster und alles, was ich sehe, sind massive Baumstämme und dichtes Gestrüpp.

Ich laufe ziellos nach links, dränge mich durch Sträucher hindurch und husche an unzähligen Bäumen vorbei, ehe ich einen besonders massiven in der Ferne entdecke und darauf zusteuere. Schweiß perlt auf meiner Stirn, als ich mich hinter dem breiten Stamm verstecke und tief Luft hole. Ich spähe vorsichtig daran vorbei und lausche.

Das Rascheln der Blätter verrät mir, dass Dalton noch in Bewegung ist, und kündigt zugleich an, dass er mir näherkommt. Ich versuche, ihn in der Dunkelheit auszumachen, und laufe wieder los, als ich ihn in nur wenigen Metern Entfernung entdecke.

Er sieht mich und lächelt böse.

»Du bist zu langsam«, ruft er schadenfroh, doch ich ignoriere ihn und sprinte vorwärts. Als ich über einen Ast stolpere und fluche, hallt sein boshaftes Lachen wie ein Echo durch den Wald. »Solltest du dich verletzen und liegenbleiben, hast du verloren. Ich drücke kein Auge zu, nur weil du tollpatschig bist.«

»Arsch«, zische ich und senke den Blick zu Boden, um nicht wieder zu stolpern und mich tatsächlich zu verletzen. Nun laufe und hüpfe ich gleichzeitig.

Trotzdem stiehlt sich ein Lächeln auf meine Lippen. Fast fühle ich mich wie eine meiner Protagonistinnen. Diese wurde ebenfalls von ihrem Liebhaber gejagt und anschließend, weil sie die Jagd verloren hat, in seinem Haus eingesperrt und an sein Bett gefesselt, in dem er die schmutzigsten Dinge mit ihr getan hat.

Die Ähnlichkeit zu meiner Geschichte verwirrt mich für einen Augenblick, doch ich habe keine Zeit, um weiter darüber nachzudenken, da ich Dalton plötzlich direkt hinter mir wahrnehme.

Ich quietsche und renne nach rechts, um ihn abzuhängen, doch er bleibt mir weiterhin dicht auf den Fersen.

Mist, warum kann der Kerl bloß so schnell laufen?

Ich visiere den Schotterweg an, um die Orientierung nicht zu verlieren. Zwar ist der Wald nicht riesig, dennoch ist es mein Ziel, ihn zu verlassen, und so muss ich dem Weg folgen. Mein Herz pumpt wie wild, und es fällt mir allmählich enorm schwer, zu atmen. Das Seitenstechen bringt mich langsam, aber sicher um.

Ich brauche eine Pause.

Als ich keuchend über meine Schulter blicke, ist Dalton verschwunden. Stirnrunzelnd sehe ich mich in der nahen Umgebung um, während ich immer weiterlaufe, kann ihn jedoch nirgendwo sehen. Wo versteckt er sich?

Ich nutze die Gunst der Stunde und mache hinter einem Baumstamm Halt. Erschöpft stütze ich die Handflächen auf meine Knie und lasse den Kopf baumeln. Schweiß perlt auf meiner Stirn und rinnt meinen Rücken in dem engen Sweater herab, während ich mehrmals hektische Atemzüge nehme.

Als ich es irgendwo rascheln höre, fluche ich und laufe wieder los. Allmählich gehen meine Kräfte verloren, doch es ist nicht mehr weit bis zum Ende des Waldes. Ich könnte es tatsächlich schaffen.

Je näher ich dem Ende des Schotterweges komme, desto breiter das Lächeln auf meinem Gesicht. Wieder und wieder sehe ich mich suchend nach meinem Jäger um, doch weit und breit kann ich keine Bewegung in der Dunkelheit ausmachen. Obwohl es verdächtig in meinem feuchten Nacken kribbelt, übermannt mich die berauschende Hoffnung, das Spiel zu gewinnen.

Wodurch ich abgelenkt bin und nicht kommen sehe, was als Nächstes geschieht.

Wie aus dem Nichts stürzt Dalton sich von links auf mich und bringt uns zu Boden. Ich ächze und starre verzweifelt zu ihm hoch, als er mich auf den Rücken dreht und meine Arme oberhalb meines Kopfes in die matschige Erde drückt. Sein triumphierendes Lächeln verhöhnt mich durch und durch.

»Gewonnen«, raunt er vor meinem Gesicht und wirkt nicht im Geringsten aus der Puste. Nur das schnelle Heben und Senken seiner Brust verrät, dass er sich körperlich angestrengt hat. Ich hingegen schwitze, hechele und glühe wie ein Ofen. »Noch ein paar letzte Worte, bevor ich meinen Gewinn einfordere?«

»Das ist unfair«, nörgele ich atemlos. »Du bist eindeutig viel sportlicher als ich.«

»Das wusstest du schon, als du dem Spiel zugestimmt hast.« Seine blauen Augen verdunkeln sich und blitzen gleichzeitig auf. »Aber du warst so naiv, trotzdem zu glauben, du hättest eine Chance.«

Trotzig recke ich das Kinn empor. »Ich hab's immerhin fast bis zum Ende geschafft.«

»Nur, weil ich dich gelassen habe.« Er richtet sich auf und zieht mich mit einem Ruck auf die Beine. Dann schlingt er einen Arm um meine Taille und wirft mich über seine Schulter.

Ich quietsche auf und kralle mich in seinen Rücken.

»Und jetzt gehörst du mir.«

KAPITEL 10

*D*alton trägt mich zu seinem Haus. Auf dem Weg dorthin wird mir erst richtig bewusst, was mir nun bevorsteht – und dass ich absolut keine Ahnung habe, was genau mir nun bevorsteht. Vierundzwanzig Stunden gehöre ich ab jetzt ihm, doch was bedeutet das eigentlich?

Als er mich in seinem Haus absetzt, weiche ich nervös vor ihm zurück. Das scheint ihn zu belustigen. Er schließt die Tür und marschiert in die Küche, ohne ein Wort von sich zu geben, als wolle er mich in der Ungewissheit schmoren lassen.

Ich bleibe einfach stehen, wo er mich abgesetzt hat, und warte darauf, was passiert. In seiner Nähe spielen meine Gefühle ständig Roulette. Mal bin ich ängstlich, mal angeturnt, mal verunsichert, mal risikobereit. Mal regt sich in mir das Bedürfnis, ihm die

Meinung zu geigen, aber die meiste Zeit über bin ich völlig willenlos und ihm ganz unbewusst hörig.

»Hast du Angst?«, fragt er mich, während er sich ein Glas Bourbon einschenkt.

»Nein«, sage ich und weiß nicht, ob es die Wahrheit oder eine fette Lüge ist.

Ich glaube, zu sehen, dass er lächelt, doch er erwidert meinen aufdringlichen Blick nicht, und so kann ich es nicht sicher sagen.

»Gut«, erwidert er schlicht, bevor er das Glas in einem Zug leert. »Zieh dich aus.«

Als ich nicht sofort reagiere, dreht er den Kopf mit einer gehobenen Augenbraue zu mir um. Sein Blick ist ein stummer Befehl und kündigt eine Bestrafung bei Widersetzung an.

Angespannt greife ich an den Reißverschluss meines Sweaters und ziehe ihn langsam hinunter. Ich schlüpfe aus dem schmutzigen Kleidungsstück und greife an den Saum meines Shirts, um es über meinen Kopf zu ziehen. Dann folgen meine Schuhe und Socken.

Daltons Blick wird intensiver und dunkler, als ich zuletzt auch aus den schwarzen Leggings steige und nur noch in weißer Spitzenunterwäsche vor ihm stehe. Ich kann förmlich sehen, wie er sich in seinem kranken Hirn ausmalt, was er alles mit meinem Körper anstellen will.

Prompt beginne ich, zu zittern.

»Was hat es mit dem Tattoo auf sich?«, will er zu

meiner Überraschung wissen, und ich folge seinem Blick zu meinem linken Hüftknochen, den ein Engel mit gebrochenen Flügeln ziert.

»Jugendsünde«, gestehe ich verlegen.

Seine Augen treffen auf meine. »Heute würdest du dir kein Tattoo mehr stechen lassen?«

Ich zögere mit der Antwort. »Vielleicht schon. Aber dann eines, das besser zu mir passt.«

»Bist du nicht gebrochen?«

»Ich bin kein Engel.«

Ein Lächeln bildet sich auf seinen sündhaft vollen Lippen. Er marschiert mit sadistischer Gelassenheit durch den Raum und lässt sich breitbeinig auf dem Couchsessel mir gegenüber nieder. Dann streift er die Ärmel seines Shirts an seinen kräftigen Armen hinauf und stützt sich mit den Ellbogen auf seinen Oberschenkeln ab.

Und dann starrt er mich einfach nur an.

»Um mich in Unterwäsche zu bewundern, hättest du nicht extra so einen Aufwand betreiben müssen«, entfährt es mir locker – ein Versuch, meine Nervosität zu überspielen.

»Ich muss gar keinen Aufwand betreiben, um zu bekommen, was ich will«, erwidert er genauso locker und klingt dabei viel selbstsicherer als ich. »Schon gar nicht bei dir, Sara.«

Röte überzieht meine Wangen. Ich verschränke die Arme vor der Brust und frage beleidigt: »Was soll das bedeuten? Dass ich leicht zu haben bin?«

»Für mich«, ergänzt er und klingt zufrieden dabei. »Nicht für andere.«

»Ich hatte vor dir noch nie einen One-Night-Stand«, sage ich in dem Bedürfnis, mein leichtsinniges und schamloses Verhalten zu verteidigen.

»Du hattest noch *nie* einen One-Night-Stand«, korrigiert er mich. »Sofern ich mich recht erinnere, haben wir uns öfter als einmal miteinander vergnügt. Und werden es wieder tun.«

Richtig. Aus dem unerklärlichen One-Night-Stand wurde überraschenderweise eine Sexaffäre. Als eine normale Affäre kann ich das zwischen uns nicht bezeichnen, da wir uns noch nie auf eine normale Weise verabredet oder überhaupt auch nur ein einziges tiefergehendes Gespräch miteinander geführt haben. Wir wissen rein gar nichts voneinander, und bisher hat mir genau das einen Kick verliehen. Doch inzwischen entwickelt sich der Reiz des Unbekannten zu dem Drang, hinter Daltons Fassade zu blicken und ihn als Mensch kennenzulernen.

Dalton hingegen scheint nur Interesse an meinem Körper zu haben, nicht an mir als Frau, und das ist okay, wenn auch schade, weil ich dadurch nie mehr über ihn erfahren werde.

Wenigstens kenne ich mittlerweile seinen Vornamen.

»Warum die pinken Strähnen?«, stellt er mir unvermittelt die nächste Frage, mit der ich nicht gerechnet habe.

Ich zucke mit den Schultern und kann förmlich spüren, wie ich innerlich dahinschmelze, als er mir genauso unerwartet ein Kompliment macht, mit dem ich nicht gerechnet habe.

»Es steht dir, aber du würdest auch mit kunterbunten Haaren gut aussehen.«

»Danke«, erwidere ich befangen.

»Komm her«, befiehlt er mir rau.

Ich nähere mich dem Stuhl an, auf dem er sitzt, und atme schneller, als ich unmittelbar davor stehen bleibe. Obwohl das ganze Haus nach ihm riecht, steigt mir nun erst sein unverkennbarer Duft in die Nase.

Dalton legt den Kopf in den Nacken und lehnt sich zurück. Unsere Blicke verheddern sich ineinander, und als wäre seiner hypnotisierend, kann ich mich einfach nicht davon losreißen. Es fühlt sich intim an, und das verleitet mich dazu, etwas Dummes zu tun. Es ist ein Impuls, den ich nicht steuern kann. Wie letztens in meinem Bett.

Meine Hand bewegt sich wie selbstständig zu seinem Gesicht, doch bevor sich meine Finger auf seine bärtige Wange legen können, packt er mein Handgelenk in einem forschen Griff und stoppt mich in der Bewegung. Er zieht die dichten Augenbrauen zusammen, was ihn missbilligend wirken lässt. Unwillkürlich bereue ich, den Moment zerstört zu haben.

Stumm ziehe ich die Hand zurück.

Seine Kiefer mahlen unruhig aneinander, bevor er zwar streng, aber nicht unfreundlich sagt: »Ich will nicht, dass du mich auf diese Weise berührst. Tu es also nicht mehr.« Als ich ihn bloß verständnislos anblinzele, fügt er sanfter hinzu: »Es liegt nicht an dir.« Die Worte beinhalten eine Entschuldigung, die er mir in keiner Weise schuldet.

Ich betrachte ihn innig, bevor ich schwach nicke.

Wenn das eine Grenze für ihn ist, werde ich sie nicht überschreiten. Auch wenn ich ihm nicht körperlich nahekommen darf, indem ich ihn berühre, fühlt es sich trotzdem so an, als würden wir uns gerade auf eine neue Weise annähern. Mehr emotional als körperlich, obwohl wir uns nicht unsere Seelen ausschütten, aber das ist auch gar nicht nötig. Diese aufrichtige Offenheit von ihm, mir das zu sagen und gleichzeitig klarzustellen, dass es nicht an mir liegt, kommt dem für mich gleich.

Ein ehrliches Wort wiegt schwerer als eintausend unehrliche.

Dalton greift mit beiden Händen an meine Taille und zieht mich zwischen seine gespreizten Beine. Ich lecke mir die Lippen und starre auf ihn herab, als er seine rauen Hände zu meinem Rücken gleiten lässt und den Verschluss meines BHs öffnet. Die Träger rutschen an meinen Schultern hinunter, und das Stoffstück landet zu meinen Füßen auf dem Boden.

Ein erhitzter Ausdruck tritt in seine Augen, als er meine nackten Brüste betrachtet, deren Brustwarzen sich unter der Intensität seines Blickes unwillkürlich verhärten. Er muss mich gar nicht berühren, um meinen Körper wie unter Strom stehen zu lassen. Seine Blicke elektrisieren mich und erzeugen eine unglaubliche Spannung zwischen uns.

Als er mich schließlich doch berührt, ist es, als würde ein kleiner Funke zwischen uns sprühen, der ein loderndes Inferno auslöst.

Seine Hände sind rau auf meinen Brüsten, kneten und umschließen sie besitzergreifend. Ich keuche auf und kralle mich in seine breiten Schultern. Die Berührung hat nichts Intimes an sich, und so scheint sie ihn nicht zu stören. Er vergräbt die Finger in meiner Taille und zieht mich an sein Gesicht, bevor er seine Lippen über meinen Bauch streicht und an meiner Haut knabbert.

Feuchtigkeit sammelt sich zwischen meinen Schenkeln. Ich genieße diesen Moment unheimlich, da es das erste Mal ist, dass er mich auf diese Weise berührt – neckisch, sanft, geduldig. Fast wie ein Vorspiel, das wir bisher immer übersprungen haben.

Was er damals in meinem Haus mit mir gemacht hat, bevor er mich genommen hat, kann man nicht als solches bezeichnen. Es war mehr eine bittersüße Folter ohne Happy End. Er wollte mir nicht nahekommen, mich nicht befriedigen; er wollte mich quälen.

Doch jetzt fühlt es sich anders an.

Unvermittelt kommt mir eine Frage in den Sinn, die ich jedoch nicht laut stelle. Ich wundere mich darüber, dass es mir erst jetzt auffällt, während seine Lippen an den Rundungen meiner Brüste saugen.

Warum hat er mich nach dem allerersten und einzigen Mal nie wieder geküsst?

Der Gedanke verflüchtigt sich, als sich seine Hände in meinen immer noch wunden Hintern krallen. Ich stöhne auf und sacke nach vorne. Seine Zunge leckt über meine Brustwarze, umspielt und neckt sie, bevor er seine Lippen darum schließt und sie fest in seinen Mund saugt. So fest, dass es schmerzt.

Zuckend bohre ich die Nägel in seine Schultern und keuche, als er dasselbe auch mit meiner anderen Brustwarze tut. Er quält mich wieder auf diese bitter-süße Weise, ist dabei aber nicht so grob wie beim letzten Mal. Seine Finger streichen nun fast zärtlich über meinen Hintern, bevor sie genauso sanft über meine Oberschenkel streichen – die allererste richtige Liebkosung von ihm.

Dalton weicht zurück und greift wortlos an seine Gürtelschnalle. Unwillkürlich pocht mein Herz wieder schneller gegen meine Rippen. Er öffnet seine Hose, befreit seine glorreiche Erektion aus seinen Boxershorts, und umfasst sie an der mächtigen Wurzel.

Dann beginnt er, sich zu reiben, und verlangt rau: »Berühr dich.«

Ich blinzele erst verunsichert, bevor ich einfach tue, was er von mir fordert. In seiner Nähe ist mir nichts peinlich oder unangenehm. Ich hinterfrage seine Befehle außerdem nie, wie mir aufgefallen ist, und diese Leichtigkeit, die ich in seiner Gegenwart verspüre, gefällt mir. Seine Dominanz entzieht mir jeglichen Sinn für Vernunft und Anstand und lähmt meinen eigenen Willen.

Wie gut, dass sich unsere Bedürfnisse decken.

Meine Hände gleiten über meine Brüste, ehe sie zittrig meinen Bauch nach unten wandern. Ich streife meinen String von den Beinen und lasse eine Hand zwischen meine Schenkel gleiten. Währenddessen massiert Dalton sich schneller, beinahe grob.

Als ich meine Finger zwischen meine Labien tauche, stöhne ich leise auf. Daltons Körper spannt sich merklich an. Ich verteile die seidige Nässe auf meinem geschwollenen Geschlecht und beginne sanft, meine Perle zu massieren.

Mit langsamen, kreisenden Bewegungen stimuliere ich mich und sehe dabei zu, wie er dasselbe mit sich tut. Seine blauen Augen haben sich gefährlich verdunkelt und sind konzentriert auf die Stelle zwischen meinen Schenkeln gerichtet. Ich erkenne das wilde Feuer, das immerzu darin lodert, wenn er erregt ist. Es erregt auch mich.

Meine Knie werden zunehmend weich, je länger ich mich massiere und ihm dabei zusehe, wie er sich befriedigt. Sein Atem geht schwer, und ein leises Keuchen ist alles, was er von sich gibt, während ich mehrmals schamlos stöhne und dabei immer ekstatischer werde.

Als ich einem Orgasmus entgegensteuere und mich automatisch schneller zu reiben beginne, richtet er den Blick mit einer Strenge auf mein Gesicht, die in mir unwillkürlich das Bedürfnis auslöst, ihm hörig sein zu wollen.

»Nein.«

Dieses simple Wort durchbricht meinen Körper und lässt mich verzweifelt wimmern. Ich halte in den Bewegungen inne und warte, bis der Druck in meinem Unterleib nachgelassen hat, bevor ich damit fortfahre, mich zu reiben.

Immer, wenn ich an der Schwelle zu einem Orgasmus stehe, versuche ich, ihn irgendwie zurückzuhalten, doch Daltons Anblick macht es mir zusätzlich schwer.

Er sieht so verdammt sexy aus, wie er dasitzt, mich still beobachtet und sich mit mir als leibhaftige Wichsvorlage einen runterholt.

Dann drückt er mich plötzlich zu Boden, sodass ich auf den Knien vor ihm sitze, und packt meinen Nacken, um mein Gesicht zu seinem Schoß zu ziehen.

Ich öffne bereitwillig den Mund und sauge die pralle Spitze seines geschwollenen Schwanzes zwischen die Lippen. Im selben Moment gibt er einen primitiven Laut von sich und erschauert über mir. Seine Männlichkeit pulsiert auf meiner Zunge. Die erste Ladung Sperma spritzt darauf, gleich darauf folgt der Rest. Ich stöhne mit ihm auf und kralle die Hände in seine Oberschenkel.

Als er mir alles von sich gegeben hat, zieht er meinen Kopf am Haar zurück und starrt mit verhangenen Augen auf mich herab. Ich schlucke und lecke mir den Rest seines Spermas von den Lippen. Bei meinem Anblick zuckt ein Muskel an seiner Wange.

Dalton greift zwischen uns hindurch und taucht drei Finger auf einmal in meinen feuchten Eingang. Ich stöhne überrascht auf und falle auf den Knien nach vorne, sodass ich mit dem Gesicht an seiner Brust lehne. Er wickelt sich mein Haar um die Faust und zieht meinen Kopf in den Nacken, bis es schmerzt. Dadurch bin ich gezwungen, ihn anzusehen, während er mich mit seinen Fingern fickt und gleichzeitig mit seinem Handballen meine Perle reibt.

Es dauert nicht lange, bis ich mich verkrampfe und um den sich anbahnenden Orgasmus bettele. Nun erlaubt er mir, zu kommen, und ich finde mit einem heiseren Schrei meine Erlösung.

Himmel. Noch nie hat es sich so gut angefühlt, zu verlieren.

KAPITEL 11

*I*ch habe mich kaum von dem intensiven Höhepunkt erholt, da schlingt Dalton einen Arm um mich und erhebt sich aus dem Stuhl. Er drückt mich wie eine federleichte Puppe an sich, während er die Treppe nach oben marschiert und sein Schlafzimmer anvisiert. Dort legt er mich auf dem Bett ab, entledigt sich seiner Kleidung, und öffnet den hohen Wandschrank.

Ich bin zu fasziniert und abgelenkt von seiner nackten Kehrseite, um zu bemerken, was er aus dem Schrank holt. Erst ein Rascheln reißt meinen Blick von seinem strammen Hintern los, und gleich darauf entdecke ich den Karton mit all dem Spielzeug in seinen Händen.

Ich schlucke trocken. Meine Wirbelsäule kribbelt, als würde ein Tier daran hochkriechen.

Er wirft den Karton achtlos auf den Boden vor das

Bett und befiehlt mir: »Leg dich auf den Bauch und streck die Arme aus.«

Nun wieder nervös, folge ich seinem Befehl und drehe den Kopf in seine Richtung, um ihn im Auge behalten zu können. Beim Anblick der schwarzen Seile, die er mit einer seidenen Augenbinde aus dem Karton fischt, flackert Unsicherheit in mir auf.

Obwohl ich mit ihm schon die verrücktesten Dinge getan habe, macht mich der Gedanke, gleichzeitig nackt, wehrlos und blind zu sein, doch ein wenig panisch. Dalton denkt vermutlich, ich hätte schon viel Erfahrung in Sachen Sex gesammelt, doch alles, was über die gängigen Stellungen hinausgeht, spielte sich bisher bloß in meinem Kopf ab.

Oder in meinen Geschichten.

Vielleicht sollte ich ihm sagen, dass er der erste Mann ist, mit dem ich auf diese Weise sexuell experimentiere. Das Unanständigste, das ich vor meiner Begegnung mit ihm getan habe, war, es mir jeden Abend selbst mit einem Vibrator zu besorgen.

Oh Gott. Was, wenn er gleich die Peitsche auspackt und …

»Warte!«, platzt es hektisch aus mir heraus, als er mit den Seilen und der Augenbinde zu mir auf das Bett steigt. Er hält in den Bewegungen inne und sieht mit einer gehobenen Augenbraue auf mich herab. »Vielleicht solltest du wissen, dass … ich so etwas vorher noch nie gemacht habe.« Ich spüre, wie sich Verlegenheit in meinen Wangen einnistet. Sie glühen.

»Was genau?«, fragt er unbeeindruckt.

»Na ja ... So etwas hier.« Ich deute auf die Seile in seiner Hand und zeige dann auf den Boden, wo der Karton mit all dem perversen Sexzeug steht. »Ich bin nicht so erfahren wie du, was das angeht ...«

Dalton lächelt nur. Er wirkt dabei keineswegs abgetan oder überrascht.

»Streck die Arme wieder aus«, befiehlt er mir schließlich, ohne sich zu meinem Geständnis zu äußern.

Nervös hebe ich die Arme und schlucke, als er über mich steigt und das Seil um meine Handgelenke wickelt. Er fesselt sie aneinander und wickelt das lose Ende um den Bettrahmen, bevor er mich stramm daran festbindet. Dann zieht er mir die Augenbinde über den Kopf und nimmt mir so die Möglichkeit, zu sehen, was er als Nächstes tut.

Ich spüre, wie er vom Bett steigt, und presse die Wange aufs Kissen. Mein Atem flattert in meiner Kehle, als ich etwas rascheln höre. Kurz darauf wird es totenstill im Raum.

»Dalton?«, frage ich unruhig und drehe den Kopf ruckartig auf die andere Seite, als ich eine Bewegung neben mir wahrnehme. »Was –«

Etwas Hartes, das mir in den Mund geschoben wird, schluckt meine nächsten Worte. Es ist groß, rund und zwingt mich, den Mund weit zu öffnen, während es meine Zunge unnachgiebig nach unten drückt. Mein Puls rast, als er das Ding, das ich für einen Ballknebel halte, mit zwei daran angebrachten Lederriemen an meinem Hinterkopf befestigt.

»Nur für den Fall, dass du zu laut wirst«, raunt er mir zu, und ich bekomme vom Klang seiner erregten Stimme eine Gänsehaut. »Obwohl hier draußen sowieso niemand deine Schreie hören kann, süße Sara.«

Meine Lider flattern unter der Augenbinde, während mein Herz heftig gegen meine Rippen pocht. Ich vernehme ein leichtes Zittern in den Beinen und keuche, als Dalton sie ohne Vorwarnung spreizt. Dann gleitet seine Hand dazwischen und erkundet meine Nässe.

Ich stöhne auf, als er grob in meinen Kitzler kneift. Ein Ruck geht durch meinen Körper, bevor Hitzewellen durch ihn pulsieren.

»Wie steht es um deinen kleinen Hintern, Sara?«, fragt Dalton, und ich höre etwas Beunruhigendes aus seiner Stimme heraus. Sie klingt hämisch. »Hat dieser auch noch keine Erfahrungen gesammelt?«

Ich reiße unter dem Stoff die Augen auf und stammele panische Worte vor mich hin, die man aufgrund des Knebels nicht verstehen kann. Dalton lacht und streicht seine Finger bis hinauf zu meinem Anus, der sich augenblicklich verkrampft. Er verteilt meine Nässe darauf und drückt seinen Daumen dagegen. Als seine Fingerkuppe hineintaucht, wimmere ich und bewege wild das Becken, um ihn abzuschütteln.

»Offensichtlich nicht«, beantwortet er sich seine

Frage selbst und klingt zufrieden dabei. »Das werden wir gleich ändern.«

Wieder entgleiten panische Worte meinem Mund, die vom Knebel verschluckt werden. Dalton fährt unbeirrt damit fort, meinen Anus zu umkreisen und ihn mit seiner Fingerkuppe zu weiten, bevor er langsam einen Finger darin einführt.

Ich stöhne auf und presse das Gesicht ins Kissen. Der Muskelring verkrampft sich um den Eindringling, und meine Atmung beschleunigt sich rasant. Es fühlt sich komisch an, aber nicht so unangenehm wie erwartet.

»So eng und jungfräulich«, flüstert Dalton und beginnt, den Finger in mir zu bewegen. »Magst du, was ich mit dir mache, Sara?«

Ich keuche und bin geneigt, zu lügen, doch dann nicke ich wahrheitsgemäß. Ich mag es, dass er einfach mit mir tut, was er will, so wie er es angekündigt hat. Dass er dabei trotzdem rücksichtsvoll vorgeht, lässt meine Panik schwinden und mich empfänglich für seine Berührung werden. Mein Körper wird nachgiebiger, und das Eindringen seines Fingers dadurch leichter.

Als er ihn aus mir zieht, spanne ich mich erwartungsvoll an. Gleich darauf werde ich an den Hüften gepackt und lande auf meinen Knien. Dann spüre ich etwas Hartes und Kühles auf meiner verbotenen Öffnung und stöhne erstickt auf, als es langsam, aber unnachgiebig in mein Loch gleitet. Es dehnt den

Muskelring und verschafft sich Zugang, bis es zentimeterweit in mir steckt.

Obwohl es brennt, zieht sich mein Unterleib heftig zusammen. Das Gefühl, an dieser Stelle ausgefüllt zu sein, ist fremd und gleichzeitig berauschend. Ich will mehr davon.

Und Dalton weiß es.

»Geduld«, sagt er und streichelt über meinen Hintern. Dann lässt er seine flache Hand darauf schnellen, und ich zucke zusammen, bevor ich wieder ungeniert aufstöhne. »Wir wollen doch nicht, dass es dir wehtut, oder?«

Doch, will ich sagen, bleibe aber stumm, weil es vermutlich klüger ist.

Als ich die pralle Spitze seines Schwanzes an meinem anderen Eingang spüre, schließe ich unter der Augenbinde die Lider und recke ihm den Hintern entgegen. Meine Pussy pocht sehnsüchtig. Dalton drückt mit der Hand gegen meinen Rücken, sodass ich gezwungen bin, ein Hohlkreuz zu machen, und dringt dann mit einem festen Stoß bis zum Anschlag in mich ein.

Ich schreie erstickt auf. Augenblicklich beginnt es, in meinem Schoß zu ziehen, und als er anfängt, in mich zu pumpen, stehe ich schon kurz vor einem Orgasmus. Ich spüre ihn durch den Analplug intensiver, die Reibung ist unglaublich. Es fühlt sich an, als wäre ich zum Bersten voll. Mein Becken bewegt sich wie selbstständig in kreisenden Bewegungen gegen seines, während sich meine Zehen auf der Matratze einrollen. Mein Körper glüht.

Stahlhart und fiebrig heiß drängt sein Schwanz in mir empor. Seine Hände halten mich an den Hüften fest, seine Finger vergraben sich in meinem zarten Fleisch. Er stößt immer härter zu, und ich kralle mich verzweifelt in das Seil, das mich an den Bettrahmen fesselt. Meine Brüste reiben über die Bettlaken und Speichel tropft aus meinem weit geöffneten Mund.

Weil er es mir nicht verbietet, lasse ich los und hebe ab. Stöhnend werfe ich den Kopf zurück und erzittere unter ihm. Meine inneren Muskeln umklammern seinen Schwanz, während Sternchen vor meinem inneren Auge flirren. Dalton packt mich fester an den Hüften und fickt mich unerbittlich weiter.

Durch die Euphorie, in der ich bade, und die Endorphine, die durch meinen Körper rauschen, bekomme ich kaum mit, dass er den Analstöpsel aus meinem Hintern zieht und seinen Schwanz kurz darauf aus meiner Pussy. Doch dann spüre ich einen brennenden Schmerz und komme wieder zu mir. Sein breiter Schaft gleitet in meinen engen, verbotenen Eingang, und ich wimmere. Als er bis zu den Hoden in mir steckt, schnappe ich durch den Knebel nach Luft.

Dalton verharrt tief in mir und streichelt über seinen Handabdruck auf meinem Hintern. Ich kann die Striemen seiner Finger darauf spüren. »Magst du immer noch, was ich mit dir tue?«

Verdammt, ja.

Ich nicke keuchend.

»Gut. Ich hatte nämlich nicht vor, damit aufzuhören.« Mit diesen Worten zieht er sich aus mir zurück, nur um dann fest in mich zu stoßen. Mir entweicht jeglicher Sauerstoff aus der Lunge.

Und dann bearbeitet er meinen Hintern, als wäre er eine erfahrene Pussy. Immer wieder versenkt er sich bis zum Anschlag in meinem Hintereingang, und es dauert nicht lange, bis ich mich an die extreme Fülle und das sinnverwirrende Gefühl in mir gewöhnt habe. Das Brennen lässt nach, und meine Muskeln entspannen sich nach und nach. Schon bald bewege ich mein Becken wieder gegen ihn und flehe still um mehr.

Dalton gibt es mir. Er stößt schneller und fester in mich, und unsere nackte Haut klatscht unanständig aneinander. Zwischen meinen Schenkeln ist es immer noch nass, als er seine Hand dazwischenschiebt und meine empfindsame Perle zu reiben beginnt. Unwillkürlich drifte ich ab und stöhne meine Erregung schamlos hinaus. Verbotene Lust umspielt meine Wirbelsäule.

»Komm für mich, Sara«, raunt er schwer atmend. Seine Worte klingen wie ein Befehl, und mein Körper reagiert wie programmiert darauf.

Ich explodiere unter ihm und spüre, wie er in meinem Hintereingang pulsiert. Sein Sperma füllt mich, während ich das Gesicht ins Kissen presse, das von meinem Speichel schon ganz feucht ist. Sein Name entgleitet nuschelnd meinen Lippen, und sein Becken zuckt noch ein letztes Mal gegen meinen Hintern, bevor er sich aus mir zurückzieht.

Zischend ziehe ich durch den Knebel die Luft ein.

»Das war doch ganz gut für den Anfang«, höre ich ihn mit gedämpfter Stimme sagen. Ich zucke zusammen, als unerwartet etwas Kühles auf meinen Anus trifft. Kaum bohrt es sich in mich, weite ich die Augen. »Damit nichts von mir verloren geht und wir später weitermachen können, wo wir gerade aufgehört haben.«

»Wohin gehst du?«, stammele ich gegen den Ballknebel, als ich spüre, dass er aus dem Bett steigt. Immer noch sind meine Arme an den Bettrahmen gefesselt, meine Augen verbunden, und nun steckt auch wieder das metallene Ding in meinem Hintern.

So kann er mich doch unmöglich hier zurücklassen!

Doch genau das tut er. Ich höre, wie sich seine Schritte vom Bett entfernen, und spucke Beleidigungen aus, über die er nur lacht.

»Ruh dich ein bisschen aus, Sara. Du wirst deine Kräfte brauchen. Mir bleiben nämlich noch dreiundzwanzig Stunden mit dir, und ich habe vor, sie anständig zu nutzen.«

KAPITEL 12

*D*alton hält sich an seinen Vorsatz. In den nächsten Stunden beansprucht er mich vollends für sich, bis er mich sämtlicher Kräfte beraubt hat und ich mich überall wund fühle. Die kurzen Pausen, die er mir zwischendurch gewährt, helfen nicht dabei, mich von seinem Sexmarathon mit mir zu erholen.

Woher er sein Stehvermögen und seine Ausdauer nimmt, ist fraglich. Fast könnte man glauben, er hätte sich eine Pille eingeworfen, um keine der vierundzwanzig Stunden mit mir verschwenden zu müssen, weil er keinen mehr hochbekommt.

Irgendwann ist er fertig mit mir, wenn auch vermutlich nur, weil er sich selbst körperlich verausgabt hat und dringend Erholung braucht. Ich bin so erschöpft, dass ich kaum mitbekomme, wie er mich aus den Fesseln befreit, die er in den vergangenen

Stunden vom Bettrahmen gelöst und hinter meinem Rücken angebracht hat.

Ich spüre seine Hand auf meinem nackten Körper und dann die schwere Decke, die diesen gleich darauf wärmt, bevor meine Lider zufallen und ich in einen tiefen Schlaf gleite.

Als ich wieder zu mir komme, muss es schon spät sein. Ich fühle mich erholt, auch wenn ich Muskelkater an Körperstellen habe, von denen ich nicht einmal wusste, dass man dort einen Muskelkater haben kann. Sonnenstrahlen umspielen die dunklen Vorhänge vor den Fenstern und werfen vertikale Linien aus hellem Licht auf den Parkettboden. Offenbar habe ich ein paar Stunden geschlafen, und ich wundere mich darüber, dass Dalton mir erlaubt hat, seine kostbare Zeit mit mir auf diese Weise zu verschwenden.

Ich blinzele zur anderen Bettseite. Sie ist leer. Müde sehe ich mich im Raum um, kann ihn jedoch nirgendwo entdecken. Mit einem Gähnen richte ich mich auf und suche nach meiner Kleidung, bis mir einfällt, dass ich diese gar nicht mehr anhatte, als er mich in sein Schlafzimmer getragen hat.

Ich rolle mich aus dem Bett und wickele eines der Bettlaken um meinen Körper. Mein Haar ist ein wildes Durcheinander, doch ich mache mir nicht die Mühe, es in Ordnung zu bringen, bevor ich den Raum verlasse und die Treppe nach unten steige. Bei jedem Schritt brennt es zwischen meinen Schenkeln.

Ein wundervoll befriedigendes Gefühl.

Als ich im Wohnraum ankomme und einen Blick in die integrierte Küche werfe, runzele ich die Stirn. Dalton steht bloß in tiefsitzender Jeans bekleidet vor dem Herd und brät Eier und Speck in einer Pfanne an. Der ungewohnte Anblick löst ein Flattern in meinem Magen aus, als würden einhundert Schmetterlinge darin aufsteigen.

»Hey«, sage ich und räuspere mich, da meine Stimme wie die einer Kettenraucherin klingt.

Als er sich zu mir umdreht, wird gleichzeitig meine Kehle trocken und meine Pussy feucht. Gott, sieht er heiß aus. Und im Gegensatz zu mir auch nicht verschlafen und unordentlich.

»Guten Morgen«, presst er mit tiefer Stimme hervor und deutet auf einen der Stühle, die um den kleinen Tisch im Wohnraum stehen. »Setz dich.«

Ich tue, wie mir geheißen, und verziehe das Gesicht. Das Spanking hat erneut Spuren auf meinem Körper hinterlassen – die meisten auf meinem Hintern. Doch dieses Mal mussten auch meine Oberschenkel daran glauben. Obwohl ich weiß, dass ich tagelang nicht sitzen werde können, ohne mich an ihn und letzte Nacht zu erinnern, keimt ein Gefühl von Stolz und Zufriedenheit in meiner Brust auf.

Die Erinnerungen sind genauso gut wie das Spanking an sich.

»Machst du mir tatsächlich Frühstück?«, frage ich ihn erstaunt, woraufhin sich seine Mundwinkel heben.

Er scheint heute gute Laune zu haben – was mich prompt irritiert. Selten wirkt es, als wäre er auch nur annähernd gut gelaunt. Für gewöhnlich ist er immer grimmig, genervt oder sexuell erregt.

Letzteres am häufigsten.

»Iss«, antwortet er nur, bevor er mir einen Teller mit einer riesigen Portion Rührei und Speck vor die Nase stellt.

Ich rümpfe die Nase und blicke darauf herab. Es duftet köstlich. Die Portion allerdings ist eher für einen Bären gedacht als für jemanden mit meinem Magen. »Wer soll all das essen?«

»Du.« Er zieht den Stuhl neben meinem zurück und setzt sich. Auf seinem Teller befindet sich eine doppelt so große Portion wie auf meinem.

Ein Protest liegt auf meiner Zunge. Ich schlucke ihn jedoch hinunter, so wie gleich auch das köstliche Ei. Den Speck schiebe ich an den Tellerrand, da ich so früh am Morgen nichts so Deftiges zu mir nehmen kann, ohne dass mir übel davon wird.

»Warum isst du den Speck nicht?«, will Dalton wissen, und ich erkenne so etwas wie Verwirrung in seinen blauen Augen. »Ich dachte, du magst gebratenen Speck zum Frühstück.«

Ich schüttele den Kopf und stutze. »Wie kommst du darauf, ich würde gebratenen Speck zum Frühstück mögen?« Ich erinnere mich nicht, dass wir jemals darüber gesprochen hätten.

Er wendet den Blick von mir ab und fährt damit

fort, seinen Teller zu leeren. Eine Antwort gibt er mir nicht.

Argwohn erfasst mich, als ich mich an etwas erinnere, das mir schon gestern zu denken gegeben hat. Die Ähnlichkeiten zu meinen Büchern. Erst die Verfolgungsjagd im Wald, die in meinem Buch nur nicht in einem Wald stattgefunden hat, und alles, was danach kam. Dass er mich zu sich gebracht hat, das Fesseln ans Bett, der Analsex, die Spielzeuge … Unwillkürlich ziehe ich noch weitere Vergleiche, und das Misstrauen in mir wächst.

Das Spanking im Wald gab es so ähnlich auch in einer meiner Geschichten, nur wurde die Protagonistin nicht in einem Wald verhauen, aber dennoch im Freien. Außerdem die Sache mit den nächtlichen Einbrüchen. In einer meiner Storys wird die Protagonistin nachts von einem Räuber überfallen, mit dem sie es danach wild treibt.

Und weil mir nie etwas Besseres einfällt, essen meine Protagonisten zum Frühstück stets Rührei mit gebratenem Speck.

Das kann doch kein Zufall sein, oder?

Sollte das, was sich mein Hirn gerade zusammenreimt, tatsächlich stimmen, würde es auch die Frage beantworten, woher Dalton sich seiner Sache so sicher war. Woher er von meinen devoten Neigungen und der Bereitschaft wusste, diese Seite an mir auszuleben. Er hat nie daran gezweifelt, dass ich seine Spielchen mitspielen würde, oder wirkte verunsichert bei dem,

was er tat. Als wüsste er, dass es mir gefallen würde –
weil es meine geheimsten Fantasien widerspiegelt.

»Ich kann nicht glauben, dass ich dich das frage,
aber … Hast du meine Bücher gelesen?«, schießt es
ungläubig aus mir hervor.

Dalton hält mit der Gabel vor seinem Mund inne.
Seine Augen treffen auf meine, den Ausdruck darin
vermag ich nicht zu deuten. »Deine Bücher?«, fragt er
so, als hätte er keine Ahnung, wovon ich spreche.

Ich bin mir aber sicher, dass er ganz genau weiß,
wovon zum Teufel ich spreche.

»Das glaube ich jetzt nicht«, murmele ich fassungslos. »Du liest meine Bücher?!«

Er starrt mich bloß an.

»Woher verdammt noch mal weißt du überhaupt,
dass ich Autorin bin?«

»Du hast es den Leuten doch selbst erzählt«, erinnert er mich ruhig und fährt damit fort, seine Eier zu
verschlingen. »Hier sprechen sich die Dinge eben
schnell herum.«

»Ich habe aber nie erwähnt, unter welchem Pseudonym ich veröffentliche«, presse ich scharf hervor.
»Also, woher weißt du es? Hast du dich über mich
erkundigt?« Der Gedanke schmeichelt mir zu gleichen
Teilen, wie er mir bitter aufstößt.

Er steckt sich einen Speckstreifen in den Mund.
»Nein.«

»Woher weißt du es dann?«, dränge ich ihn
irritiert.

Seufzend legt er die Gabel beiseite. »Ich will nicht darüber reden.«

Verständnislos und zugegebenermaßen ein wenig wütend hebe ich die Hände und frage: »Was soll das bedeuten, du willst nicht darüber reden? Ich dachte, wir wüssten beide nichts voneinander, und jetzt erfahre ich, dass du sehr wohl einiges über mich weißt. Zumindest einiges mehr als ich über dich weiß.«

»Und das stört dich?«

»Ja.« Ich verschränke die Arme vor der Brust. »Weil du mir nicht einmal sagen willst, woher.«

»Was spielt das für eine Rolle?«, fragt er ungerührt.

Ich schnaube. »Vielleicht keine. Aber weißt du, was mich wirklich stört? Dass du meine verdammten Bücher als Vorlage benutzt hast, um mit mir …« Ich verstumme und lache dann ungläubig auf. »Du hast Szenen aus meinen Geschichten mit mir nachgestellt, ohne dass ich das wusste!«

»Was ist so schlimm daran?«, fragt er unbeeindruckt, was mich nur noch wütender macht.

»Also gibst du es zu?«, will ich empört wissen. »Dass alles, was wir getan haben, meinen Geschichten entspringt? Dass es gar nicht real war?«

Ein kühnes Lächeln umspielt seine Mundwinkel. »Real hat es sich für mich schon angefühlt. Oder was sagt dein Hintern?«

Ich verziehe das Gesicht und erhebe mich ruckartig vom Stuhl. »Das ist nicht witzig. Das ist …«

»Was?« Er erhebt sich ebenfalls und macht einen

großen Schritt auf mich zu, sodass er wie ein Turm vor mir aufragt. »Nicht alles, was wir getan haben, entspringt deinen Geschichten, wie du weißt. Aber ja, manches aus deinen Büchern hat mich inspiriert, und ich habe es zur Realität werden lassen. Ich verstehe nicht, was daran schlimm ist.«

»Dass du mir etwas vorgemacht hast«, werfe ich ihm vor.

Dalton starrt mich bloß an.

Ich fühle mich seltsam betrogen und hintergangen. Es fühlt sich an, als wäre das zwischen uns eine Lüge, weil es nicht einfach so passiert ist, sondern offensichtlich von ihm beabsichtigt war. Weil all unsere Spielchen auf meinen Büchern basieren, von denen ich nicht einmal wusste, dass er sie gelesen hat. Weil er mich besser kennt, als ich dachte, und mir jetzt nicht einmal verraten will, woher, und was genau er noch über mich weiß.

Weil er doch nicht der erste Kerl ist, den ich im wahren Leben getroffen habe, der meinen Protagonisten das Wasser reichen kann. Er hat sich diese einfach zum Vorbild genommen und nachgeahmt, was sie getan haben, um mir zu gefallen.

Er hat mich getäuscht.

»Ich habe dir nichts vorgemacht«, erwidert er rau. »Ich habe mir nur ein paar deiner Fantasien geborgt, da sie auch meinen eigenen entsprechen.«

»Ohne meine Bücher gäbe es das hier«, ich zeige auf ihn und dann auf mich, »also gar nicht.«

»Doch«, wendet er entschlossen ein. »Denn die Idee kam mir erst nach unserem ersten Quickie in deinem Haus.«

»Das ist krank«, murmele ich wütend vor mich hin und will an ihm vorbeigehen, doch er packt mein Handgelenk und zwingt mich, vor ihm stehen zu bleiben. »Lass mich los. Ich gehe nach Hause.«

Sein Blick fällt auf die Uhr an der Wand. »Tut mir leid, aber mir bleiben noch ein paar Stunden mit dir. Gewonnen ist gewonnen.«

»Scheiß auf dein unehrliches Spiel«, zische ich und reiße den Arm von ihm los. Sein Blick verdunkelt sich, als ich meine Klamotten vom Boden einsammele. »Du wirst auf den Rest deines Gewinns verzichten müssen.«

»Sara.« Er spricht meinen Namen grollend aus, und mein Körper reagiert automatisch auf den stillen Befehl, den er mir damit erteilt.

Doch dieses Mal will ich ihm nicht gehorchen, sondern kämpfe um meinen Stolz. Es fällt mir dennoch enorm schwer, mich von ihm abzuwenden und in meine Kleidung zu schlüpfen, weil alles in mir danach schreit, zu tun, was er verlangt. Das Bettlaken werfe ich achtlos zu Boden.

»Du wirst jetzt nicht gehen«, höre ich ihn hinter mir sagen. Die Worte klingen eher wie eine süße Warnung und ein Versprechen, zu bereuen, mich ihm zu widersetzen.

»Ach, nein?«, frage ich trotzdem provokant lächelnd und entferne mich absichtlich langsam zur

Haustür, bevor ich diese öffne. »Wonach sieht es denn sonst aus?«

Dalton starrt mir unverwandt hinterher, als ich auf die Veranda trete. In seinen blauen Augen stürmt es gefährlich, und in meinen tobt bestimmt derselbe Sturm. Ich bin so sauer, dass ich ihm am liebsten alle Schimpfwörter, die ich kenne, an den Kopf werfen würde. Am meisten macht mich seine gleichgültige Art zornig. Er hält es nicht einmal für nötig, mir zu erklären, warum er das verdammt noch mal getan hat.

Also knalle ich ihm die Tür vor der Nase zu, als er mir mit schweren Schritten folgt.

Dieses Mal ist das Letzte, was ich will, von ihm eingefangen zu werden.

KAPITEL 13

Zwei Tage sind seit meinem Streit mit Dalton vergangen, und ich bin immer noch stinksauer. Obwohl ich nicht wollte, dass er mir hinterherläuft, hat ein Teil von mir doch damit gerechnet, er würde spätestens am nächsten Tag bei mir auftauchen und seinen restlichen Gewinn einfordern.

Hat er aber nicht.

Das hätte mir die Möglichkeit gegeben, ihn noch einmal zur Rede zu stellen. Ich habe mir den Kopf darüber zermartert, woher er weiß, unter welchem Pseudonym ich meine Bücher veröffentliche und wann er diese gelesen hat. Immerhin stammen unsere Spielchen aus mehr als einer Geschichte, die ich geschrieben habe.

Mit schlechter Laune mache ich mich auf den Weg zur Reinigung und statte anschließend dem Diner nebenan einen Besuch ab. Da ich heute keine Lust auf eine Unterhaltung habe, setze ich mich nicht zu Wilda an den Tresen, sondern nehme auf einer der Sitzbänke ganz hinten im Lokal Platz.

Als Wilda mich entdeckt, kommt sie mit einem Lächeln auf mich zu.

»Schön, dich zu sehen«, trällert sie fröhlich und zückt ihren Bestellblock und einen Stift. »Was darf es für dich sein? Kaffee?«

»Literweise«, murmele ich und lege meine Tasche auf der Bank ab. »Und einen Blaubeer-Muffin, bitte.«

Wilda verzieht entschuldigend das Gesicht. »Von denen ist keiner mehr da, Süße.«

Natürlich nicht. Das Einzige, das mich heute bei Laune gehalten hat, war der Gedanke an einen der leckeren Blaubeer-Muffins. Ich hatte absolut keine Lust, das Haus zu verlassen und anderen Menschen zu begegnen, die mich womöglich in ein Gespräch verwickeln könnten. Der Muffin wäre es wert gewesen.

»Wie wäre es stattdessen mit einem Donut?«, bietet sie mir lächelnd an.

Eher widerwillig nicke ich.

»Kommt sofort.« Mit schwingenden Hüften marschiert sie davon und lacht über etwas, das einer der Gäste im Vorbeilaufen zu ihr sagt. Als sein Blick auf mich fällt, gebe ich mich schwer beschäftigt mit meinem Handy.

Während ich irgendein Spiel darauf spiele, um mir

die Zeit zu vertreiben, bis meine Wäsche abholbereit ist, höre ich die Türglocke läuten. Ich schenke dem keine Beachtung, sondern sehe erst auf, als Wilda mit einem dampfenden Kaffee und einem Schokodonut zu mir zurückkehrt.

»Ich lasse dich heute lieber in Ruhe. Du wirkst, als könntest du diese gut gebrauchen«, sagt sie freundlich, und ein schwaches Lächeln stiehlt sich auf meine Lippen.

Ich öffne den Mund, um mich für meine miese Laune zu entschuldigen, da zieht etwas aus dem Augenwinkel meine Aufmerksamkeit auf sich.

Dalton.

Er steht vor dem Tresen und starrt mich mit seinen ozeanblauen Augen an. Ich spüre seinen Blick selbst aus dieser Entfernung sengend heiß auf meiner Haut und zwischen den Beinen. Unwillkürlich presse ich diese zusammen und wende den Blick ruckartig von ihm ab. Mein Herz klopft mir bis zum Hals.

Es wird schlimmer, als er sich plötzlich in Bewegung setzt. Er visiert meine Sitznische an.

Und lässt sich im nächsten Moment mir gegenüber nieder.

Meine Kehle wird ganz eng, als ich bemerke, dass uns all die anderen Gäste beobachten. Sie wirken wie Wilda, die sich wortlos vom Tisch entfernt, erstaunt und ein wenig verwirrt.

»Du schuldest mir noch zehn Stunden mit dir«,

lautet Daltons Begrüßung, während seine Augen meine Aufmerksamkeit gefangen nehmen. Die Intensität, mit der er mich betrachtet, lässt nicht zu, dass ich den Blick von ihm abwende. »Und die fordere ich heute Abend ein.«

Obwohl mein Körper vor Sehnsucht nach seinem wie eine zu straff gespannte Feder zu vibrieren beginnt, verziehe ich das Gesicht und zische leise: »Entschuldige mal, aber —«

»Ich entschuldige nicht«, fällt er mir in diesem strengen Tonfall ins Wort, der mich unwillkürlich verstummen und ein paar Zentimeter schrumpfen lässt. »Seine Schulden begleicht man immer sofort.«

Ich starre ihn bloß an, unfähig, ein Wort von mir zu geben. Sein Verhalten macht mich gleichzeitig zornig und wuschig. Ich liebe, wie herrisch und dominant er ist, hasse es zum ersten Mal aber auch, weil ich nicht klein beigeben möchte. Das Bedürfnis, ihm zu gehorchen und mich seinen Befehlen zu beugen, ist übermächtig – fast, als wäre es schon ein Teil von mir geworden.

Aber der andere Teil in mir ist immer noch sauer, und so entfährt es mir schnippisch: »Da unser Spielchen bloß eine Täuschung und Lüge war, hast du auch keinen Anspruch auf deinen Gewinn.«

Seine Miene wird düster. »Ich habe dich nicht getäuscht oder belogen, verdammt noch mal. Du übertreibst.«

»Ich übertreibe?«, echoe ich erbost und lehne mich

ruckartig über den Tisch, damit niemand unser Gespräch belauschen kann. Immer noch sind alle Blicke verstohlen auf uns gerichtet. »Du hast mich hinters Licht geführt, Dalton. Du hast vorgegeben, nichts über mich zu wissen, dabei stimmte das gar nicht. Du hast heimlich meine Bücher gelesen und mich zu den Protagonistinnen meiner eigenen Romane gemacht!«

»Und du mich nicht?«, fragt er herausfordernd, und ich blinzele ertappt. Schamröte steigt in meine Wangen, als er sich ebenfalls vorlehnt und süffisant flüstert: »Korrigiere mich, wenn ich falsch liege, aber ich erinnere mich an einen Einsiedler auf dem Land, der verdächtige Ähnlichkeit mit mir hat. Ganz zu schweigen von einer Sexszene, die sich genauso las, wie sie in der Realität stattgefunden hat.«

Um Worte verlegen, stammele ich: »Ich … Das … Du …«

Dalton lächelt überlegen, und sein Lächeln löst ein Ziehen in meinem Schoß aus. Trotz der Spannungen zwischen uns, ist die Energie zwischen uns immer noch höchst explosiv, als würde sie Funken werfen. Allein sein Anblick lässt dunkle Begierde aus jeder meiner Poren strömen.

Mit sich zufrieden, da er mich überrumpelt hat, streicht er sich entspannt über den dichten Bart und sagt: »Außerdem erinnere ich mich daran, dass dir unsere kleinen Nachahmungen sehr gefallen haben. Zumindest hast du dich nie beschwert. Im Gegenteil.«

Als ich mich zurücklehnen will, schlingt er seine große Hand um meine und flüstert selbstgefällig: »Ich habe deine Fantasien real werden lassen. Solltest du mir nicht eigentlich dankbar dafür sein?«

»Wie kann man so verdammt arrogant sein?«, frage ich, um seiner Frage auszuweichen.

Wieder lächelt er. »Die Antwort auf diese Frage solltest du bereits kennen.«

Ich verdrehe dramatisch die Augen, während meine Hand aufgrund der Art, wie er seine darum geschlungen hat, zu zittern anfängt. Ich versuche mir nicht anmerken zu lassen, wie scharf ich allein aufgrund dieser unschuldigen Berührung auf ihn werde. In seiner Nähe bin ich vollkommen aus meinem Element.

»Kein Problem übrigens«, meint er, woraufhin ich die Stirn runzele. »Ich habe dir gerne bei deinem Buch geholfen. Da ich das unwissentlich getan habe, so wie du unwissentlich zur Figur deiner eigenen Bücher wurdest, sind wir wohl quitt, süße Sara. Deine Schuld bei mir hast du trotzdem noch zu begleichen.«

Ich starre ihn an und forsche in seinem Blick. Leider ist er geübt darin, seine Gedanken und Gefühle hinter einer unergründlichen Maske zu verbergen, und so habe ich keine Ahnung, was ich darauf erwidern soll. Geht es ihm tatsächlich nur um den Sex? Fordert er wirklich bloß seine verbliebenen Stunden mit mir ein?

Zu denken, ihm könnte vielleicht etwas an mir

liegen, zerstört mich. Denn wie mir in den vergangenen zwei Tagen bewusst wurde, liegt *mir* etwas an *ihm*. Dass sein kleines Geheimnis aufgeflogen ist, hat mich nur deswegen so getroffen, weil sich meine Gefühle nicht mehr nur auf den Sex mit ihm beschränken.

»Dein Essen«, reißt mich Wilda von seinem Anblick los, bevor sie eine Tüte mit Fettflecken zwischen unsere Gesichter hält. Dalton nimmt sie ihr aus der Hand, ohne den Blick von mir abzuwenden. Aus dem Augenwinkel bemerke ich, wie Wilda auf unsere übereinander liegenden Hände starrt. »Soll ich es auf deine Rechnung schreiben?«

»Nein.« Er zieht ein paar Dollarscheine aus seiner Hosentasche und wirft sie achtlos auf die Tischplatte. »Ihre Bestellung geht auf mich.« Mit diesen Worten erhebt er sich, ohne seine Augen von mir zu nehmen, und marschiert dann mit festen, selbstsicheren Schritten aus dem Diner.

Ich starre ihm ein wenig verzweifelt hinterher, bis mich Wilda erneut von seinem Anblick losreißt.

»Was war das denn?«, verlangt sie überrumpelt zu wissen. »Triffst du dich etwa mit deinem Nachbarn?« Sie wirkt alles andere als begeistert.

»Nicht wirklich«, erwidere ich und räuspere mich belegt. Das ist immerhin keine Lüge. Richtig getroffen haben wir uns noch nie. Er hat mich bloß durch den Wald gejagt und ist wiederholt in mein Haus eingebrochen und über mich hergefallen.

Das behalte ich wohl besser für mich.

»Du solltest bei dem Kerl aufpassen, Sara«, rät mir Wilda eindringlich. »Es gibt Menschen, zu denen kann man gar nicht genug Abstand haben. Und er ist definitiv einer davon.«

KAPITEL 14

*W*ieder werfe ich einen Blick auf die Uhr. Der Stundenzeiger nähert sich der zwölf, und von Dalton fehlt weit und breit jede Spur. Er sagte, er würde abends vorbeikommen, um meine Schulden einzufordern, und allmählich frage ich mich, wo er denn bleibt.

Eigentlich sollte ich nicht auf ihn warten und stattdessen lieber alle Türen und Fenster verriegeln, aber irgendein Teil in mir wehrt sich dagegen, weiterhin stur zu bleiben. Dalton hat mir den Kopf verdreht, und ich kann ihn nicht mehr geraderücken. Den ganzen Tag lang habe ich nur an ihn gedacht, und ich kann nicht leugnen, dass ich mich auf seinen abendlichen Besuch gefreut habe.

Den er nun offensichtlich ausfallen lässt. Warum?

Die Wut kriecht erneut in mir empor, und dieses Mal hat sie mich noch fester im Griff. Erst erfahre ich von seiner heimlichen Vorliebe für meine Bücher und dessen Imitationen, und nun verspricht er mir, meine Schulden einzufordern und lässt mich dann eiskalt sitzen.

Was erwartet er? Dass *ich* angekrochen komme, obwohl *er* etwas von mir will? Pah.

Ich komme mir wirklich armselig vor, als ich direkt nach diesem Gedanken aufspringe und in meine Sneakers schlüpfe. Ich reiße mein Handy an mich und verlasse das Haus in Richtung des Waldes, den ich mit der integrierten Taschenlampe beleuchte. Meine Schritte sind gleichzeitig entschlossen und unsicher, und meine innere Stimme verhöhnt mich, weil ich Dalton wie eine läufige Hündin hinterherlaufe.

Ich besänftige mich mit dem Gedanken, dass er nicht wissen muss, weshalb ich zu ihm komme. Ich kann behaupten, einen Schlussstrich unter unsere Affäre ziehen und ihm das bloß persönlich mitteilen zu wollen. Sollte er dann versuchen, mich am Gehen zu hindern, könnte ich mich zieren und ihn so glauben lassen, er hätte mich erst dazu überreden müssen, ihm doch noch seine zehn Stunden mit mir zu schenken.

Ein teuflisches Lächeln umspielt meine Lippen. Ja, das ist ein guter Plan.

Beim Zurücklegen des letzten Waldstückes entdecke ich seinen blauen Pick-up aus der Ferne und Licht hinter den Fenstern seines düsteren Hauses. Dann erregt ein roter Kleinwagen meine Aufmerksamkeit, der unmittelbar neben seinem Pick-up parkt. Ich habe ihn noch nie zuvor gesehen.

Hat Dalton etwa Besuch? Von wem? Er hat weder Bekannte noch Freunde.

Mit einem mulmigen Gefühl im Magen schalte ich die Taschenlampe auf meinem Handy aus, stecke dieses in meine Hosentasche und nähere mich seinem Haus. Im Vorbeilaufen sehe ich mir den unbekannten Wagen genauer an und halte abrupt inne, als ich eine Designer-Handtasche auf dem Beifahrersitz entdecke.

Heiße Eifersucht frisst sich schlagartig durch meine Eingeweide.

Dalton hat Besuch von einer Frau. Deswegen hat er mich sitzen gelassen.

Ungläubig werfe ich einen Blick auf sein Haus. Impulsiv setze ich mich in Bewegung und steige die Stufen zur Veranda hinauf, bevor ich mich an das Fenster neben der Eingangstür heranschleiche und verstohlen hineinspähe. Ich kann weder Dalton noch seinen Gast entdecken, was bedeutet, dass sie sich im oberen Stockwerk befinden müssen.

Dort, wo sich sein Schlafzimmer befindet.

Die primitive Eifersucht wütet nun in meinem Inneren und richtet ein apokalyptisches Chaos in mir an. Ich kann kaum einen klaren Gedanken fassen, um zu hinterfragen, weshalb ich beim Gedanken an Dalton mit einer anderen Frau dermaßen ausflippe.

Stattdessen flippe ich einfach nur aus.

»Arschloch,« fluche ich lautstark und reiße die

Haustür auf, um ihn zur Rede zu stellen und mir sein neues Spielzeug anzusehen. Ich kann nicht fassen, dass er sich einfach die nächste willige Frau geschnappt hat, um sich mit ihr zu vergnügen, nun da er es mit mir nicht mehr kann.

Obwohl das gar nicht stimmt. Ich würde mich liebend gerne weiterhin mit ihm vergnügen und hasse es, dass ich mir die Chance dazu selbst kaputtgemacht habe, indem ich vorgab, nun kein Interesse mehr an unserem Sexding zu haben.

Arrrgh.

Als ich zwei Kristallgläser auf seinem Couchtisch entdecke, balle ich beide Hände zu Fäusten. Auf einem davon klebt roter Lippenstift. Eine halb leere Flasche Whisky steht daneben.

Mir hat er noch nie ein Glas Whisky angeboten, dieser Mistkerl.

Eine weibliche Stimme lockt mich direkt zur hölzernen Treppe. Auf dem Weg dorthin schnuppere ich in die Luft und rieche *sie*. Dalton hat seinen Gast also tatsächlich nach oben gebracht – in sein Schlafzimmer.

Als ich die Treppe nach oben steige, höre ich nun auch seine Stimme. Die beiden unterhalten sich miteinander, was darauf schließen lässt, dass sie sich noch nicht im Endspurt befinden. Gut. Auch wenn ich kein Recht dazu habe, werde ich ihm die Tour kläglich vermasseln.

Als ich wutentbrannt ins Schlafzimmer platze,

verstummen die beiden und drehen ruckartig ihre Köpfe in meine Richtung. Sie stehen vor dem gemachten Bett, beide noch vollständig bekleidet. Neben ihnen auf der Matratze befindet sich ein geöffneter Umzugskarton, aus dem Kleidungsstücke heraushängen. Kleidungsstücke einer Frau. Auch Schmuck kann ich darin entdecken.

Nun bin ich verwirrt. Noch mehr allerdings, da mich die Brünette in den schicken Klamotten anstarrt, als hätte sie einen Geist gesehen. Ihr Gesicht wird ganz blass, ihre blauen Augen tellergroß, und ihre Kinnlade klappt nach unten. Dalton hingegen starrt mich bloß reglos an, ein gereizter Ausdruck huscht über sein markantes Gesicht.

»Was zur Hölle …«, entfährt es der Frau sichtlich überrumpelt. Sie wirkt wie vor den Kopf gestoßen und blinzelt mehrmals ungläubig. Als sie ihren Kopf wie in Zeitlupe zu Dalton dreht, bringt sie kaum Worte über die Lippen. »Was … Wie …«

»Du solltest jetzt gehen, Darcy.« Daltons Stimme ist wie gewohnt tief und durchdringend, doch ich erkenne einen unruhigen Unterton darin. Auch seine Muskeln spannen sich merklich an. »Hier.« Er nimmt den Karton vom Bett und drückt ihn der Frau an die Brust. »Danke, dass du extra vorbeigekommen bist.«

»Aber …«, murmelt sie, verstummt dann jedoch, als sie einen weiteren Blick auf mich wirft. Sie mustert mich so ausführlich von Kopf bis Fuß, dass ich mich wie eine Schaufensterpuppe fühle. »Oh, jetzt verstehe ich«, seufzt sie dann und wirft einen Blick auf die Kiste in ihren Händen, die sie ihm wie mechanisch abgenommen hat. »Deswegen willst du –«

»Halt den Mund«, fällt ihr Daltons harsch ins Wort. Sie verstummt augenblicklich. Seine Augen sind fest auf meine gerichtet, als er ihr unmissverständlich klarmacht, dass sie verschwinden soll: »Schließ die Haustür hinter dir, wenn du gehst.«

Kopfschüttelnd und irgendetwas vor sich hin murmelnd setzt sich die Brünette in Bewegung und geht an mir vorbei in den Flur. Ihr Blick ist dabei fast ehrfürchtig auf mich gerichtet. Ich bin so durcheinander, dass ich keinen Ton von mir geben kann, sondern Dalton bloß fragend anstarre, als die Frau die Treppe nach unten marschiert. Kurz darauf fällt die Haustür ins Schloss.

»Was machst du hier?«, will Dalton gereizt von mir wissen, seine Augen verdunkeln sich gefährlich. »Ich erinnere mich nicht, dich eingeladen zu haben.«

»Du hast bisher auch nie eine Einladung von mir gebraucht, um mein Haus zu betreten«, erinnere ich ihn trocken. »Wer war das?«

Er weicht meinem Blick aus und betrachtet das Bett, als wolle er sichergehen, alles in den Karton gepackt zu haben. »Das geht dich nichts an.«

Ich betrete das Schlafzimmer und sehe mich ebenfalls um, bevor ich ihn durchbohrend niederstarre. »Was war in dem Karton?«

Keine Antwort.

»Warum hat mich diese Frau so angeglotzt? Und was versteht sie jetzt?«

Dalton wirft mir einen so harten Blick zu, dass ich mich augenblicklich kleiner fühle. Dieser Blick ist Antwort genug. Er wird es mir nicht verraten. Wie immer.

»Schläfst du mit dieser Frau?«, frage ich ihn dennoch.

Ein Knurren steigt seine Kehle empor. Mit nur wenigen schweren Schritten ist er bei mir und grollt: »Ich habe gesagt, dass dich das nichts angeht, Sara.«

Ich schlucke schwer, als er in seiner einschüchternden Größe und Breite dicht vor mir stehenbleibt. Den Kopf in den Nacken gelegt, verschränke ich die Arme vor der Brust und erwidere seinen Blick dennoch trotzig. »Warum nicht?«

»Was?«

»Warum geht es mich nichts an?« Ich versuche, das Zittern in meiner Stimme zu unterdrücken, damit er nicht weiß, wie aufgewühlt ich innerlich bin. »Du gehst mich etwas an, oder nicht?«

Erst blinzelt er überrumpelt, dann zieht er die dichten Augenbrauen zusammen und mustert mich argwöhnisch. Hinter dem wilden Sturm in seinen blauen Augen erkenne ich einen Hauch Verwirrung.

»Willst du mir nicht endlich ein paar deiner Geheimnisse anvertrauen?«, kommt es mir leise, fast bittend über die Lippen, und ich sehe, wie sich sein Körper kaum merklich entspannt. »Ich glaube, es ist an der Zeit, dass du mir ein paar Fragen beantwortest. Denn irgendwie komme ich mir allmählich richtig bescheuert vor.«

»Warum?«, fragt er rau, und unsere Blicke verschmelzen miteinander.

»Weil ich dich mag, obwohl ich dich gar nicht kenne.«

Nun werden seine Augen im Bruchteil einer Sekunde weicher, bevor sie so etwas wie Schmerz ganz matt und verschleiert wirken lässt. Er will sich abwenden, doch ich greife nach seinem Arm und halte ihn bei mir. Entgegen meiner Erwartung löst er sich nicht von mir, sondern betrachtet mich zum allerersten Mal auf eine Weise, die ihn angreifbar wirken lässt. Als wären seine Schutzmauern niedergerissen und der Weg zu seinem tiefsten Inneren frei.

»Magst du mich nicht?« Ich schlinge meine Finger um seinen Arm, als wäre er mein Anker und ich würde ohne ihn untergehen. Das Herz schlägt mir bis zum Hals hinauf, weil ich mich ihm ebenfalls gerade ungeschützt und verletzlich zeige. »War das nur Sex für dich?«

Ein Zögern liegt in seinem Blick, bevor er mir eine Antwort gibt. Das Wort kommt so gequält und gedämpft aus seinem Mund, dass es den Anschein macht, er müsse es hervorwürgen.

»Nein.«

Mein Herz macht einen Satz. »Also magst du mich?«

Wieder ein Zögern, dann simpel: »Ja.« Dass er dabei wirkt, als hätte er große Schmerzen, irritiert mich.

»Was ist los?«, will ich daher von ihm wissen. »Wer war diese Frau?«

»Meine Schwester«, erwidert er zögerlich, und ich blinzele überrascht. Nicht bloß, weil er mir tatsächlich eine Antwort gegeben hat, sondern auch, weil ich nicht damit gerechnet habe, dass er eine Schwester hat. »Sie war hier, um die Sachen meiner Frau abzuholen.«

Nun fällt mein Blick in sich zusammen, und ich erstarre.

»Deiner F-f-frau?«, stottere ich nach einigen Sekunden ungläubig. Wo versteckt er denn die ganze Zeit über eine Ehefrau?

»Ja.« Ich ertrinke in seinen blauen Augen und all den Geheimnissen, die sie in sich tragen, während er in meinem Blick forscht. Ich bin mir sicher, er kann all die unausgesprochenen Fragen darin lesen. »Meiner verstorbenen Frau.«

»Oh.« Meine Brust zieht sich krampfhaft zusammen. Ich löse die Finger von seinem Arm. »Das … das wusste ich nicht. Tut mir leid.«

Dalton starrt mich bloß an, bevor er wortlos aus dem Raum marschiert. Verunsichert sehe ich ihm hinterher, folge ihm jedoch nicht. Stattdessen lasse ich mich tief ausatmend auf das Bett sinken und verarbeite diese neue und erste private Information, die er mir über sich anvertraut hat.

Dalton war verheiratet. Und seine Frau ist gestorben. Er ist Witwer.

Als ich höre, dass sich seine Schritte dem Schlafzimmer nähern, blicke ich nervös zur offenstehenden Tür. Als Dalton im Türrahmen erscheint, hält er die kleine Holzkassette in den Händen. Mein Magen wird sofort unruhig.

»Ich habe meine Schwester gebeten, herzukommen, um die restlichen Sachen meiner Frau zu holen, die ich nach ihrem Tod mit hierhergebracht habe«, erzählt er mir ruhig, doch seine Stimme klingt immer noch gedämpft. »Es sind nicht viele Sachen von ihr übriggeblieben, da die meisten mit ihr verbrannt sind.«

Meine Augen weiten sich vor Entsetzen.

»Es gab einen Brand in unserer Wohnung in Phoenix«, fährt er fort, und alles in mir zieht sich vor heißem Mitgefühl zusammen. »Meine Frau hatte Depressionen und nahm abends immer Schlaftabletten, um einschlafen zu können. Wir hatten uns an jenem Abend gestritten und ich verließ die Wohnung, um in der nächsten Bar ein paar Drinks zu nehmen und den Kopf frei zu bekommen. Als ich gegen drei Uhr morgens wieder zurückkehrte, war das Wohnhaus von Feuerwehrleuten und der Polizei umstellt. Meine Frau hatte sich wohl noch etwas zu essen gemacht, bevor sie zu Bett ging, und vergessen, den Herd auszuschalten. Durch die starken Schlafmittel hat sie der Geruch von Rauch nicht aufgeweckt. Oder zumindest erst, als es zu spät und sie schon von den Flammen umzingelt war.«

»Oh mein Gott«, murmele ich und spüre, wie mir schwer ums Herz wird. »Das tut mir unfassbar leid, Dalton.« Als er nichts darauf erwidert, frage ich vorsichtig: »Wann ist das passiert?«

»Vor etwas über drei Jahren.«

Ich nicke vor mich hin. Ich weiß, dass er vor drei Jahren hierhergezogen ist. Das war also der Grund für seinen Umzug nach Maragoo. Nun kann ich besser verstehen, warum er sich dieses Haus zum Wohnen und diesen Ort zum Leben ausgesucht hat. Hier konnte er allein sein und hatte die Zeit und Ruhe, um zu trauern und den Tod seiner Frau zu verarbeiten. Hier konnte er sich seiner Einsamkeit vollends hingeben.

Irgendwie ist er dann wohl darin versunken.

»Als ich dich zum ersten Mal gesehen habe ...«, kommt es ihm unvermittelt über die Lippen, und ich runzele die Stirn. Er beendet den Satz nicht, sondern marschiert auf mich zu und reicht mir die Holzkassette, als würde sie mir den Rest verraten.

Nervös nehme ich sie ihm aus der Hand und lege sie auf meinen Schoß. Ich zögere und fühle mich plötzlich nicht wohl dabei, einen Blick hineinzuwerfen. In sein privatestes Besitztum; sein größtes Geheimnis. Ich sehe in seinen Augen, dass es ihm ebenfalls nicht behagt, mir einen Blick darauf zu gewähren.

Aber er tut es, und so öffne ich den hölzernen Deckel.

Dieses Mal liegen die Polaroids so darin, dass ich sofort einen Blick auf das habe, was er vor mir verstecken wollte.

Ich entdecke ... mich.

Mir wird mit einem Mal eiskalt, und mein Herz hört auf zu schlagen. Mehrmals blinzele ich bloß, bevor ich die ersten Fotos aus der Kiste nehme und mir genauer ansehe. Sie zittern zwischen meinen Fingern.

»Deine Frau ...«, krächze ich und wage einen Blick in Daltons angespanntes Gesicht. »Sie sieht aus wie ich.«

Die Ähnlichkeit ist nicht bloß verblüffend, sie ist verstörend. Würde ich es nicht besser wissen, würde ich denken, wir seien eineiige Zwillinge, die bei der Geburt getrennt wurden.

»Ja«, sagt er bloß und lässt mir Zeit, das zu verdauen.

Ich sehe mir alle Fotos durch und spüre, wie sich meine Kehle zuschnürt. Die Frau darauf wirkt lebensfroh, strahlt immerzu in die Kamera und blödelt herum. Auf einem der Bilder hat sie die Zunge weit hinausgestreckt und zeigt ihren Mittelfinger in die Kamera, auf einem anderen sitzt sie auf einem Schaukelpferd auf einem Spielplatz und grinst. Das Foto, das mich am meisten berührt, ist jenes, auf dem sie einen Strauß roter Rosen in den Händen hält, an dem sie lächelnd schnuppert. Ihre Augen glitzern feucht, als wäre sie sehr gerührt.

Sie scheint glücklich gewesen zu sein.

»Die Fotos sind alt«, höre ich Dalton sagen und sehe erneut zu ihm auf. »Als es ihr gesundheitlich schlechter ging, haben wir keine mehr gemacht. Sie wollte nicht, dass ich ihren Zustand auf Bildern festhalte.«

»Wie lange wart ihr verheiratet?«, will ich wissen und erschrecke vor meiner eigenen Stimme. Sie klingt fremd.

»Fünf Jahre.«

»Warum sehen wir uns so ähnlich?«, frage ich immer noch verstört. Darauf weiß Dalton keine Antwort, weil es keine gibt.

Ich habe einmal gelesen, dass jeder Mensch einen Zwilling irgendwo auf dieser Welt hat. Dieser kann anderer Abstammung sein, andere Wurzeln haben und in einem anderen Jahrhundert gelebt haben, aber er existiert oder hat irgendwann einmal existiert.

Und Daltons verstorbene Frau ist definitiv meiner.

»Du verstehst jetzt vermutlich, warum ich so seltsam auf dich reagiert habe«, murmelt er. »Als du mich damals im Supermarkt angesprochen hast, dachte ich, einen Geist zu sehen. Dann fragte ich mich, ob du *sie* wärst und sie vielleicht gar nicht in dem Feuer ums Leben gekommen ist, bis mir klar wurde, wie hirnrissig das ist. Unsere Begegnung hat mich völlig aus der Bahn geworfen.«

»Verständlich«, erwidere ich dumpf. An unsere erste Begegnung kann ich mich noch gut erinnern. Damals hatte er mich so fassungslos und entgeistert angesehen, dass ich über alle Maße verwirrt war. Nun verstehe ich, warum.

»Und dann brach alles wieder über mich herein«, fährt er fort. »Die Sehnsucht nach ihr kehrte zurück, die Albträume ebenfalls, die Vorwürfe, die ich mir immerzu gemacht habe, weil ich sie an jenem Abend allein in der Wohnung ließ … Einfach alles.«

»Deswegen wolltest du, dass ich mich von dir fernhalte«, schlussfolgere ich leise, woraufhin er nickt. »Aber dann hat die Sehnsucht nach deiner Frau überhandgenommen und du …«

»Und ich habe dich benutzt, um sie zu stillen«, gesteht er.

Mein Herz verkrampft sich. Ich bin ihm deswegen nicht einmal böse, weil ich seine Gefühle nachvollziehen kann. Es muss schwer für ihn gewesen sein, eine Frau vor sich zu haben, die aussieht wie seine verstorbene Ehefrau. Vermutlich konnte er anfangs kaum klar denken, als er mich vor sich hatte.

Und wahrscheinlich ist er deswegen nach unserem ersten Mal für eine ganze Woche verschwunden. Er brauchte Zeit für sich.

»Ich habe gelogen«, folgt direkt das nächste Geständnis von ihm. Seine blauen Augen mustern mich kalkulierend, bevor er sich neben mich auf die Bettkante setzt und den Blick geradeaus auf die Wand richtet. »Ich habe mich über dich erkundigt. Gleich nach unserer Begegnung und dann wieder, nachdem wir in deinem Haus Sex hatten. Ich wollte alles über dich wissen und konnte nicht aufhören, an dich zu denken. Primär, weil du mich an meine Frau erinnert hast, aber auch, weil es sich mit dir ganz anders angefühlt hat als mit ihr. Nicht schlecht.« Die letzten Worte flüstert er fast unverständlich leise, als wären sie verboten.

Sein Blick trifft auf meinen, und ich erkenne Reue in seinen Augen. »Du warst die erste Frau, mit der ich seit ihrem Tod zusammen war. Ich habe mich schuldig gefühlt.«

»Weil du es genossen hast?«

»Das auch.«

»Und weil du es wiederholen wolltest«, füge ich hinzu. Ich erwarte gar keine Antwort, weil ich mir sicher bin, richtig zu liegen. »Die Frage ist bloß … Wolltest du mich, weil ich dich an deine Frau erinnere, oder wolltest du mich, weil du *mich* wolltest?«

Seine Schultern verspannen sich auffällig, und er wendet den Blick von mir ab. »Weil du mich sie vergessen hast lassen, und das, obwohl du das Abbild von ihr bist. Das ist paradox. Zum ersten Mal seit ihrem Tod habe ich nicht mehr ständig an sie gedacht, sondern an dich. Je öfter wir uns gesehen haben, desto mehr Unterschiede konnte ich zwischen euch ausmachen. Ihr seid euch, bis auf euer Aussehen, absolut nicht ähnlich. Und irgendwann habe ich ganz aufgehört, dich mit ihr zu vergleichen.«

Wieder schwingt unendliche Reue in seiner Stimme mit, und ich seufze schwer. Impulsiv greife ich nach seiner Hand, doch er entzieht sie mir so abrupt, als hätte er sich verbrannt. Meine Kehle wird wieder eng. »Dalton, das … das tut mir leid. Aber du musst dich deswegen nicht schlecht oder schuldig fühlen. Es ist normal, dass du loslässt und dein Leben weiterlebst.«

»Mit jemandem, der genauso aussieht wie meine verstorbene Frau?«, fragt er spöttisch. »Das ist bestimmt nicht normal, Sara.«

»Klar ist das ein seltsamer Zufall, aber … wenn du dich dabei gut fühlst, kann es nicht falsch sein«, flüstere ich überzeugt.

Seine Augen treffen erneut auf meine, und ich wage noch einen Annäherungsversuch, auch wenn ich Angst davor habe, dass er mich wieder abweist. Meine Finger greifen nach seinem Arm und streichen darüber, bis sie sich um seine schlingen und leicht zudrücken. Ein stiller Trost, den er dieses Mal nicht nur zulässt, sondern auch annimmt.

»Es ist das Eine, weiterzuleben, indem man sich ein bisschen Vergnügen gönnt, und das Andere, aus dem Vergnügen mehr werden zu lassen«, presst er rau hervor, und plötzlich ist mir unser intensiver Blickkontakt unangenehm. Mein Holz stolpert über seine nächsten Worte. »Ich kann hieraus nichts Persönliches machen, Sara. Ich kann nicht zulassen, dass sich diese Sache zu mehr entwickelt, als sie ist.«

»Sie hat sich schon zu mehr entwickelt, als du dich mir anvertraut hast«, erwidere ich entschlossen und klinge erbärmlich hoffnungsvoll dabei. »Als du mir diese andere Seite von dir gezeigt hast, dein wahres Ich … Den Mann, der gerade neben mir sitzt.« Ich drücke seine Finger fester. »Ich will mehr davon sehen. Ich will ihn kennenlernen.«

Und so empfinde ich tatsächlich. Gerade erst habe ich eine Beziehung beendet, weil ich der Meinung war, Abenteuer erleben zu wollen, zu experimentieren und mich auszuleben, aber in Dalton habe ich einen Mann gefunden, mit dem ich all das haben und tun kann. Abenteuer erleben, experimentieren und frei sein. Unsere Bedürfnisse stimmen erschreckend genau überein, und ich glaube nicht, jemals wieder jemanden zu finden, der dermaßen kompatibel mit mir ist.

Und nun sehe ich, dass wir zwischenmenschlich genauso gut harmonieren. Nun zeigt er mir, dass er auch zu Gefühlen fähig ist, und dadurch erkenne ich, wie es wäre, das Gesamtpaket zu haben. Und ich will es.

Verdammt, ich will es so sehr.

KAPITEL 15

Als Dalton weiterhin schweigt, sind mir meine letzten Worte unangenehm. Ich habe mein Herz sprechen lassen, und das war in dieser Situation vielleicht unüberlegt. Ich möchte ihn nicht drängen, da ich sehe, dass es ihn schon eine große Überwindung gekostet hat, so ehrlich und offen zu mir zu sein.

Deswegen lenke ich rasch vom Thema ab und frage etwas, das mich ohnehin brennend interessiert und die Situation hoffentlich auflockern wird.

»Nach deinen kleinen Recherchen über mich hast du dir also all meine Bücher besorgt?« Meine Worte sind neckisch, und etwas von der Anspannung fällt merklich von ihm ab.

»Ja.« Ein Funkeln tritt in seine Augen. Fast wirkt es verschmitzt, obwohl seine Miene verschlossen ist und er nicht lächelt. »Ich habe sie alle gelesen. Ich bin ein großer Fan.«

Ein Lächeln zupft an meinen Mundwinkeln. »Das ist wohl unnötig, zu erwähnen, da du immerhin so angetan von meinen erfundenen Geschichten warst, dass du sie mit mir Realität werden hast lassen.«

Nun zuckt auch sein Mundwinkel. »Nicht alle und nicht alles daraus, aber schuldig bin ich trotzdem.«

»Warum hast du das getan?«, möchte ich neugierig wissen.

»Ich wollte dich wiedersehen, wusste aber nicht wie. Wäre ich einfach so vorbeigekommen, hättest du mir vermutlich einen Kaffee angeboten und versucht, mich kennenzulernen. Das lag aber nicht in meinem Interesse. Ich wollte dir auch keine falschen Hoffnungen machen. Deswegen habe ich meinen zweiten Besuch eher unkonventionell gehalten«, erzählt er mir, worüber ich grinsen muss.

»Indem du nachts bei mir eingebrochen und über mich hergefallen bist.«

»Hat dir doch gefallen«, meint er überzeugt, und endlich scheinen sich all die Spannungen zwischen uns in Luft aufzulösen und auch die traurigen Erinnerungen aus seinem Kopf zu weichen.

»Hat es«, bestätige ich ihm, ohne mich dafür zu schämen. In Daltons Nähe sind mir meine Neigungen und sexuellen Begierden nicht peinlich. Waren sie nie. »Was hattest du denn vor zu tun, wenn du alle heißen Szenen aus meinen Büchern mit mir nachgespielt hast?«, necke ich ihn.

Ein schiefes Lächeln bildet sich auf seinen vollen

Lippen. Mein Blick fällt automatisch auf seinen sinnlichen Mund, der von dichtem Bartwuchs umgeben ist, und die Erinnerung an unseren ersten und einzigen Kuss blitzt in meinem Gedächtnis auf. Das Bedürfnis, ihn zu wiederholen, ist dermaßen stark, dass ich mich nur mit Mühe davon abhalten kann, ihn darum anzubetteln.

Ich ahne, warum er mich seither nie wieder geküsst hat. Es war zu persönlich für ihn. Das erste Mal war ein Ausrutscher wie das, was danach passiert ist. Ein Ausrutscher aus Sehnsucht.

Wenn er mich ein nächstes Mal küsst, will ich, dass er *mich* küsst. Dass er dabei an mich denkt, nicht an seine Frau. Dass er seine Zuneigung für mich damit ausdrücken will, nicht seine Sehnsucht nach ihr.

»Dann lasse ich mir eben selbst etwas einfallen«, beantwortet er meine Frage mit einem heiseren Unterton, der sofort die richtigen Knöpfe in mir drückt. Als er nun ebenfalls auf meinen Mund starrt, wird mir furchtbar warm und mein Herz überschlägt sich in meiner Brust.

Langsam lehnt er sich zu mir, und ich komme ihm genauso langsam entgegen. Unsere Gesichter nähern sich einander an, bis ich seinen warmen Atem auf meiner Wange spüren kann. Er riecht nach Whisky. Gleich darauf spüre ich seine große Hand auf meinem Oberschenkel und erzittere aufgrund all der Gefühle, die diese unschuldige Berührung in mir pulsieren lässt.

Mein Körper ist bereit für ihn und verlangt nach mehr.

»Vielleicht hast du recht«, raunt er vor meinen Lippen. »Vielleicht habe ich hieraus schon etwas Persönliches gemacht.«

Mein Herz macht einen Satz. »Dann kannst du es auch gleich noch persönlicher machen.«

»Du meinst, in die Vollen gehen?«, fragt er mit der Andeutung eines Schmunzelns auf den Lippen.

Ich beiße mir auf die Unterlippe und nicke.

Dalton knurrt und packt mich am Nacken. »Du musst eines wissen, Sara. Mit dem Tod meiner Frau ist auch etwas tief in mir gestorben. Es ist, als wäre mein Herz hohl und nicht mehr dazu imstande, irgendjemanden hineinzulassen. Als wäre es aus Plastik, nur noch eine Attrappe.«

Ein Herz aus Plastik. Das passt zu ihm.

»Plastik ist perfekt«, sage ich leise. »Es ist elastisch und formbar. Bruchfest, aber nicht unempfindlich. Es kann schmelzen, wenn man es richtig bearbeitet.«

In seinen Augen flackert etwas auf, bevor er den letzten Abstand zwischen uns überbrückt. Wild und rau nimmt er meinen Mund in Besitz und beraubt mich allem, was ich habe. Ein Wimmern steigt meine Kehle empor, als er seine Zunge forschend zwischen meine Lippen drängt. Ich kralle mich in seine Schulter und erwidere den Kuss sehnsüchtig. Heiße Begierde flammt in mir auf, und ich spüre dieselbe in ihm lodern.

Unser Kuss wird noch leidenschaftlicher, bis er roh und grob ist. Dalton festigt seinen Griff um meinen Nacken und drückt mich gleichzeitig auf die Matratze hinunter. Er legt seinen Körper auf meinen, was es mir unmöglich macht, ihm auszuweichen, doch nicht einmal mit vorgehaltener Pistole würde ich es tun.

Der Moment fühlt sich viel zu gut an. Berauschend. Intim.

Wieder knurrt er an meinem Mund, dann sind seine Hände plötzlich überall auf meinem vor Verlangen zitternden Körper. Rau in meinem Haar, besitzergreifend auf meinen Brüsten, fordernd zwischen meinen Beinen. Er reibt mich durch den Stoff meiner Jeans, bis ich ihm in den Mund stöhne, und reißt mit einem Ruck den Knopf und Reißverschluss auf, ehe seine Hand in meinem Höschen verschwindet. Dieses ist nass von meiner Lust.

Es dauert nicht lange, bis ich mich unter ihm aufbäume und wiederholt lustvoll keuche. Seine Finger bearbeiten mein Lustzentrum, als wären sie nur dafür da, mir Befriedigung zu verschaffen, und mein Körper reagiert auf die gekonnte Stimulation, als wäre er nur dafür da, von Dalton dazu gebracht zu werden.

Mit einem kehligen Stöhnen fegt der Orgasmus über mich hinweg, während ich mich verzweifelt erregt an den Mann über mir klammere. Meine Arme schlingen sich um seinen Hals, während ich mein Gesicht daran vergrabe. Der Geruch von Zigarren benebelt meine Sinne.

Erst, als er zwischen uns greift und seine Erektion aus der Hose befreit, wird mir bewusst, dass er gerade zum ersten Mal zulässt, dass ich ihm auf diese Weise nahekomme. Ich nutze seine stille Erlaubnis, ihn zu berühren, indem ich subtil noch mehr Nähe von ihm fordere. Ich mag diese neue Intimität zwischen uns und will mehr von davon.

Meine Lippen streichen über seinen Hals und liebkosen ihn sanft, während meine Hände über seinen muskulösen Rücken gleiten und seinen Körper erforschen. Als ich an den Saum seines Shirts greife, weicht er von mir, damit ich es ihm über den Kopf ziehen kann. Im Gegenzug befreit er mich von meiner Hose und meinem Slip.

Als er danach mit nacktem Oberkörper und heruntergelassener Hose über mir schwebt, schlucke ich trocken.

Gott, dieser Mann ist auf eine animalische Weise so sexy, dass ich allein von seinem Anblick noch mal kommen könnte.

Meine Augen gleiten über seine pralle Brust und wandern tiefer über seine leichten Bauchmuskeln, bis sie dem dunklen Streifen aus Haaren unter seinem Bauchnabel zu seiner glorreichen Männlichkeit folgen. Diese ist stahlhart und kerzengerade aufgestellt. An der Spitze thronen verführerische Lusttropfen.

Als Dalton sich wieder zu mir hinunterbeugt und meine Lippen rau mit seinen verschließt, trifft Haut auf Haut und ich stöhne auf. Fiebrig heiß liegt sein

Schwanz auf meiner Pussy, und diese pocht wie wild, als er sich an ihr zu reiben beginnt. Seine Hände finden mein Shirt, und seine Lippen lösen sich kurz von meinen, als er es mir über den Kopf zieht und achtlos zu Boden wirft. Meine nackten Brüste ragen ihm einladend entgegen, und mein Becken wogt flehentlich gegen ihn; verlangt, ihn noch mehr zu spüren.

Er erfüllt mir den Wunsch. Sein Mund wieder forsch auf meinem, zieht er das Becken zurück und dringt mit einem tiefen Stoß bis zum Anschlag in mich ein. Ich wimmere an seinem Mund, und er stößt ein leises, lusterfülltes Keuchen aus.

Kaum fängt er an, sich in mir zu bewegen, zittern meine Knie unkontrolliert. Sex mit Dalton ist wie eine Droge, die süchtig macht. Er verwirrt meinen Verstand und versetzt mich in einen unglaublichen Rausch. Der Absturz von dem ultimativen Hoch ist immer wieder auf eine süße Weise quälend.

Ich schlinge die Beine um Daltons Hüften und vergrabe die Finger in seinem dichten Haar, und er knetet grob meine Brüste und saugt meine Brustwarzen in den Mund. Seine Zunge schnellt vor und umkreist sie, während sich seine Zähne mit genau dem richtigen Druck darin vergraben. Der leichte Schmerz löst ein heftiges Ziehen in meinem Schoß aus.

Seine Stöße werden tiefer und fester, doch niemals so hart, wie sie es bisher immer waren. Dennoch trifft er wie immer diese magische, empfindsame Stelle tief in mir, die mich vor Entzücken innerlich vibrieren lässt.

»Dalton …«, entfährt es mir heiser, als ich einem weiteren Orgasmus zusteuere. Meine Nägel krallen sich dabei in seine stramme Haut an den Armen.

Nachdem er mich in Windeseile zu einem Orgasmus gebracht hat, fährt er unbeirrt damit fort, mich in die Matratze zu ficken. Nun härter und schneller, bis ich mich unter ihm aufbäume und aufschreie. Seine Hand findet meine Kehle und seine Finger schlingen sich darum, ersticken meine Laute.

Mit verhangenem Blick starrt er auf mich herab, während ich verschwommen zu ihm aufsehe. In seinen blauen Augen tobt es, doch sie erscheinen warm. Ob aufgrund des Feuers, das darin brennt, oder vor Zuneigung weiß ich nicht.

»Noch einmal«, befiehlt er mir schwer atmend, und ich verkrampfe mich unwillkürlich am ganzen Körper. Mir geht der Sauerstoff aus, doch er lässt nicht von mir ab. »Dieses Mal will ich dich dabei ansehen, Sara.«

Als er die letzten Worte ausspricht, explodiere ich erneut unter ihm. Ein heißes Gefühl schwemmt über mich hinweg, während gleichzeitig auch mein Herz explodiert. Wie angekündigt nimmt er keine Sekunde lang den Blick von mir, während ich für ihn stöhne und mich ihm hingebe. Erst, als ich nach seiner Hand um meine Kehle greife, löst er die Finger von mir und ich schnappe gierig nach Luft.

Diese Worte und mein Name aus seinem Mund waren das Intimste überhaupt zwischen uns. Nun weiß ich, dass er *mich* will – und nicht die Erinnerung an seine verstorbene Frau.

Sein Becken zuckt unkontrolliert gegen mich, bevor er mit dem Oberkörper auf meinem zusammenbricht und rau aufstöhnt. Ich spüre, wie er vor Euphorie erschauert, ehe er sich in mir entlädt. Ich genieße dieses Gefühl vollkommen. Sein Körper strahlt dieselbe Hitze aus wie meiner, und sein abgehackter Atem trifft auf meine feuchte Haut. Er drückt das Gesicht in meine Brüste und bewegt sein Becken noch ein letztes Mal gegen mich, bevor er reglos in mir verharrt.

Mit glühenden Wangen starre ich an die Decke, meine Hand genauso reglos auf seinem Kopf. Ich habe Angst davor, dass unser Moment nun vorbei ist und mit ihm all die neue Intimität zwischen uns. Deswegen rühre ich mich nicht vom Fleck, bis Dalton sich langsam aus mir zurückzieht und aufrichtet. Unsere Blicke treffen aufeinander, und in meinem Magen beginnt es zu flattern. Ich sehe keine Ablehnung in seinen Augen, keine Reue oder das Verlangen, Abstand zu mir zu bekommen.

»Soll ich gehen?«, biete ich ihm dennoch eine Möglichkeit, zu beenden, was sich gerade zwischen uns anbahnt. Vielleicht braucht er das, und ich will nicht mehr nehmen, als er mir zu geben bereit ist.

Weshalb es umso mehr bedeutet, als er nicht

zögert, den Kopf zu schütteln, bevor er sich schweigend neben mich legt. Ich lächele in mich hinein und schließe die Augen.

Als mir jedoch klar wird, dass meine Zeit hier in Maragoo in wenigen Tagen endet, stirbt mein Lächeln wie die Hoffnung, hieraus könnte sich mehr entwickeln.

Bei allem, was in letzter Zeit passiert ist, habe ich vollkommen aus den Augen verloren, dass meine Zeit in Maragoo ein Ablaufdatum hat.

So wie das mit Dalton und mir.

KAPITEL 16

*A*m nächsten Morgen liegt Dalton noch neben mir, als ich aufwache. Die Nacht war kurz und mein Schlaf unruhig. Die Gedanken an meine Abreise haben dem gestrigen Abend einen bitteren Beigeschmack verliehen.

Ich will nicht von hier weg.

Die Option, meinen Mietvertrag zu verlängern, bestünde, allerdings weiß ich nicht, was Dalton darüber denkt. Ob er mich weiterhin sehen und hier haben will. Womöglich habe ich in letzte Nacht zu viel hineininterpretiert, und für ihn hat sich nichts verändert. Dann gäbe es keinen Grund für mich, hier zu bleiben, zumal ich mir damit nur selbst schaden würde.

Je länger diese Sache zwischen uns läuft, desto schwerer wird es mir fallen, sie zu beenden, indem ich zurück nach Hause kehre.

Nach Hause. Es fühlt sich nicht an, als wäre mein Zuhause in Denver. Nichts zieht mich dorthin, nichts hält mich dort fest. Meinem Job kann ich überall auf der Welt nachgehen, und hier habe ich tatsächlich die Ruhe und Inspiration zum Schreiben gefunden, die ich dringend brauchte.

Mein Blick fällt auf Dalton, der noch tief neben mir schläft. Was er wohl sagen würde, wenn ich ihn an meine baldige Abreise erinnere?

Als könnte er meinen Blick auf sich spüren, öffnet er langsam die Lider und dreht den Kopf in meine Richtung. Für einen kurzem Moment wirkt er überrumpelt, mich neben sich liegen zu sehen, doch der unruhige Ausdruck in seinen Augen verschwindet, als ich ihn anlächele.

»Wie spät ist es?«, fragt er, und zwischen meinen Beinen zuckt es. Seine Stimme klingt verschlafen noch viel erotischer.

»Ich weiß es nicht. Ich bin auch gerade erst aufgewacht.«

Sein Blick fällt auf das Fenster, dessen Vorhänge zugezogen sind. Als er mich danach wieder ansieht, liegt etwas Seltsames in seinem Blick. »Ich mache Frühstück«, beschließt er dann, bevor er sich splitterfasernackt aus dem Bett rollt. Er schnappt sich im Vorbeilaufen eine Jogginghose, die über einem Stuhl hängt, und verlässt den Raum.

Mit einem mulmigen Gefühl im Magen steige ich ebenfalls aus dem Bett und suche meine Kleidung auf dem Boden. Nachdem ich hineingeschlüpft bin, gehe ich in den Flur und halte vor der geschlossenen Badezimmertür inne. Ich höre Wasser dahinter laufen.

Als Dalton die Tür öffnet und heraustritt, läuft er fast in mich hinein. Ich kichere und weiche zur Seite aus, und er betrachtet mich flüchtig, bevor er wortlos zur Treppe marschiert und nach unten verschwindet. Das flaue Gefühl in meinem Magen verwandelt sich in unruhige Nervosität. Es wirkt, als würde ihm meine Anwesenheit nicht behagen.

Oder als würde er bereuen, was gestern passiert ist.

Ich beeile mich, mein Gesicht zu waschen, und sehe mich nach einer Zahnbürste um, finde allerdings nur Daltons, die er gerade benutzt hat. Natürlich hat er keine Gästezahnbürsten. Er empfängt schließlich niemals Gäste – schon gar keine Übernachtungsgäste.

Angespannt wandere ich anschließend nach unten und bleibe vor dem Esstisch stehen. Ich beobachte Dalton dabei, wie er Rührei für uns zubereitet, und bemerke, dass er dieses Mal den Speck weglässt.

»Willst du einen Kaffee?«, fragt er mich, ohne sich zu mir umzudrehen. Auch er wirkt angespannt.

»Gerne.«

»Ich mache dir gleich einen. Setz dich hin.«

»Ich kann mir auch selbst einen machen«, biete ich an.

Er wirft mir einen Blick über die Schulter zu und hebt eine Augenbraue. »Setz dich hin.«

Mit einem Flattern im Bauch tue ich, wie mir

geheißen, und bedanke mich anschließend für den Kaffee, als er ihn mir reicht. Ich nehme einen Schluck davon und räuspere mich, bevor ich das Thema, das mir wie eine lästige Fliege im Kopf schwirrt, vorsichtig anschneide: »Mir ist eingefallen, dass mein Mietvertrag in wenigen Tagen ausläuft …«

Dalton hält mit der Pfanne in der Hand inne.

»Die Zeit ist ziemlich schnell vergangen seit meiner Ankunft.«

»Ja«, lautet seine einsilbige Antwort.

Ich räuspere mich erneut und kralle die Finger um die dampfende Tasse. »Ich hatte vor, nur ein paar wenige Wochen hier zu bleiben.«

»Hatte?«, fragt er wie beiläufig, während er die Eier auf den Tellern verteilt und damit in den Händen zu mir kommt. Er stellt mir einen Teller vor die Nase, und ich rümpfe sie, weil dieser Berg an Eiern wieder an Verschwendung grenzt.

»Na ja, ich könnte noch länger hierbleiben …«, eröffne ich ihm schließlich nervös.

Dalton starrt mich stumm an, nachdem er sich gesetzt hat.

»Die Option, den Mietvertrag zu verlängern, besteht, weil −«

»Das Haus sowieso nie vermietet wird«, beendet er den Satz knapp.

Ich nicke.

»Musst du nicht langsam zurück nach Denver?«,

will er wissen und wendet den Blick von mir ab. Er stochert in seinen Eiern herum und wirkt unruhig.

Zumindest *wird* er ganz offensichtlich unruhig, als ich gestehe: »Eigentlich nicht. Dort wartet nichts auf mich, und arbeiten kann ich hier ohnehin besser …«

Seine blauen Augen treffen auf meine, doch den Ausdruck darin vermag ich nicht zu deuten. Wir wissen beide, was ich ihn gerade frage, ohne es direkt auszusprechen. Ich erwarte auch gar nicht, dass er mir eine Antwort darauf gibt, indem *er* die Worte direkt ausspricht. Es würde mir schon genügen, würde er mir durch die Blume irgendein Zeichen geben, dass er möchte, dass ich bleibe.

Aber ich erhalte kein Zeichen von ihm. Auch kein weiteres Wort.

Mit einem Stich von Enttäuschung in der Brust widme ich mich schließlich dem Frühstück und verschlinge die köstlichen Eier, obwohl mein Magen sich zu einem schweren Brocken formt. Dass Dalton nichts darauf erwidert, gibt mir eine Antwort. Und diese ist niederschmetternder für mich, als ich dachte.

Weil ich befürchte, die Enttäuschung im Gesicht zu tragen, trinke ich rasch noch meinen Kaffee aus und erhebe mich abrupt vom Stuhl. »Ich sollte jetzt besser gehen. Ich möchte heute noch schreiben.«

Dalton sieht langsam zu mir auf. Er gibt keinen Ton von sich.

»Also dann …«, murmele ich belegt und zwinge

mir ein unehrliches Lächeln ins Gesicht. »Danke für das Frühstück.«

Als ich mich abwende und die Tür anvisiere, ertönt seine Stimme plötzlich hinter mir.

»Warte, Sara.«

Ich halte inne und spüre, wie mein Herz drei Takte schneller schlägt. Hoffnung nistet sich in meiner Brust ein.

Einige Sekunden verstreichen, als würde er über seine nächsten Worte nachdenken, um sie mit Bedacht zu wählen. Sein Zögern verrät, dass er mir gleich sagen wird, was ich hören will, wenn auch vermutlich nicht direkt.

»Vielleicht könntest du —«

Ein plötzlich lautstarkes Hämmern unterbricht ihn, und ich zucke erschrocken zusammen. Es kommt von der Haustür unmittelbar vor mir.

»Sara?«, ruft kurz darauf jemand meinen Namen, und ich reiße entsetzt die Augen auf. »Sara, bist du da drin?« Der schrille Unterton in der mir nur allzu vertrauten Stimme lässt all meine Alarmsirenen losgehen.

Oh nein. Es ist Pete. Was zum Teufel tut er hier?

Panisch drehe ich den Kopf zu Dalton um, der die Augenbrauen misstrauisch zusammengezogen hat. Er erhebt sich vom Stuhl und marschiert mit schweren Schritten auf mich zu, während es wieder lautstark an der Tür klopft. »Wer ist das?«

»Das … das ist …«, stottere ich überfordert, und

das Misstrauen in Daltons Blick nimmt zu. Seine Miene wird düster, als ich panisch zum Fenster neben der Tür blicke, hinter dem nun Pete auftaucht, der mit zusammengekniffenen Augen ins Haus späht.

Dalton zögert nicht, reißt die Haustür auf und tritt nach draußen. Er baut sich bedrohlich vor Pete auf, der sichtlich erschrocken einen Schritt zurückstolpert. Er weicht vom Fenster und weitet seine Augen, als er mich dahinter entdeckt.

»Sara?«, ruft er verwirrt ins Haus.

Rasch laufe ich auf die Veranda und stelle mich zwischen Pete und Dalton, der meinen Ex so finster ansieht, dass ich befürchte, er könnte noch heute ein Grab für ihn im Wald schaufeln müssen.

»Wer ist das, Sara?«, grollt Dalton, seine Augen immer noch hart auf Pete gerichtet, der sich hinter mir versteckt, als wäre ich ein Schutzschild.

»Ich bin ihr Freund«, sagt Pete stellvertretend für mich, woraufhin sich mir der Magen umdreht. »Und wer bist du?«

Nun trifft Daltons Blick auf meinen, und ich erkenne pure Wut in seinen Augen. Sie wirken so dunkel und wild wie noch nie zuvor.

»Dein Freund?« Seine Stimme klingt plötzlich verdächtig leise. *Wie die Ruhe vor dem Sturm.*

»Er war mal mein Freund«, stelle ich rasch klar und bemerke, vor Nervosität zu schwitzen. Meine Knie sind ganz weich, als ich mich zu Pete umdrehe und zische: »Was machst du hier?«

»Du hast dich nicht mehr auf dem Handy gemeldet und ich habe mir Sorgen um dich gemacht«, erklärt er irritiert, während er Dalton skeptisch mustert, der wie eine Statue dasteht und uns beobachtet. Unerschütterlich und starr. »Ich musste doch sichergehen, dass es dir gutgeht und dir hier in diesem Kaff nichts zugestoßen ist.«

»Pete, ich habe dir doch gesagt, dass —«

»Dass du Abstand brauchst, ja«, beendet er meinen Satz und beäugt nun mich. Zorn flackert in seinen Augen auf. »Jetzt verstehe ich, warum du eine Pause einlegen wolltest. Um mit anderen zu vögeln.« Verachtung trieft aus seinen Worten. »Wie konntest du mir das bloß antun, Sara? Wir hatten Zukunftspläne!«

»Was?« Überfordert blicke ich zwischen ihm und Dalton hin und her, bevor ich ratlos den Kopf schüttele. »Nein, wir haben doch Schluss gemacht, Pete.«

»Schluss gemacht?«, echoet er und schnauft pikiert. »Das hat sich für mich nicht so angefühlt. Wir hatten bloß einen Streit und du wolltest Zeit für dich. Wie immer.«

Als Dalton sich wortlos abwendet, greife ich ruckartig nach seinem Arm und flehe: »Warte, ich kann das erklären. Es ist nicht -«

»Klär das lieber mit deinem Freund«, fällt er mir schroff ins Wort und reißt den Arm unsanft von mir los. Dann marschiert er ins Haus und knallt die Tür hinter sich zu.

Ich zucke zusammen.

Dann wirbele ich zu Pete herum und blaffe: »Wir *haben* Schluss gemacht, Pete. Das weißt du ganz genau. Was soll das hier?!«

»Du kannst mich nicht einfach abservieren!«, brüllt er mich an, und wieder zucke ich zusammen. »Du behandelst mich wie Dreck!« Sein Blick fällt auf das Fenster, und ich weiß natürlich, was er meint.

»Tut mir leid, dass du das so empfindest, aber wir haben Schluss gemacht, Pete«, erkläre ich angestrengt. »Und schrei mich bitte nicht so an.«

Die Wut fällt von ihm ab, und stattdessen wird sein Gesichtsausdruck vor Traurigkeit ganz niedergeschlagen. Er sieht mich wie ein geschlagener Hundewelpe an, und ich frage mich, welcher Mensch innerhalb einer Sekunde dermaßen starke Stimmungsschwankungen haben kann. »Ich vermisse dich, Sara. So sehr …« Er kommt auf mich zu und greift nach meiner Hand, doch ich weiche ihm aus. »Lass uns darüber reden. Ich flehe dich an.«

»Es gibt nichts zu reden«, entgegne ich und verziehe das Gesicht, als er mich umarmen will. Er schlingt die Arme trotz meines Widerstandes um mich und zieht mich verzweifelt an sich. Ich weiche ihm erneut aus und bitte ihn still darum, Abstand zu halten.

Als er ein drittes Mal beharrlich meine Nähe sucht, stampfe ich genervt die Stufen hinunter, bevor ich genauso genervt durch den Wald zu meinem Haus marschiere. Ich will mich nicht mit Pete vor Daltons

Haustür streiten. Schon gar nicht will ich mit ihm vor Daltons Fenster kuscheln – oder irgendwo sonst.

Außerdem ist es wohl besser, Daltons Wut erst mal abklingen zu lassen, bevor ich erneut das Gespräch mit ihm suche, um ihm alles zu erklären. Gerade wirkte er nicht, als würde er mir überhaupt zuhören wollen. Vermutlich fühlt er sich belogen und hintergangen. Da vertraut er sich mir erst gestern zum ersten Mal an und öffnet sich für mich, und dann taucht am nächsten Morgen ein Kerl bei ihm auf, der behauptet, mein armer betrogener Freund zu sein.

»Jetzt warte doch!«, ruft mir Pete hinterher, bevor er mich in den Wald verfolgt und dort einholt. Er packt mich am Arm, dreht mich zu sich um und fleht: »Bitte, Sara, gib uns noch eine Chance. Mir ist egal, dass du mit einem anderen gevögelt hast. Vielleicht hast du das gebraucht. So wie deine kleine Auszeit in diesem Kaff. Aber jetzt komm wieder mit mir nach Hause.«

»Pete«, zische ich durch zusammengepresste Zähne. »Ich habe wirklich versucht, es dir auf die nette Weise zu erklären. Ich will nicht mehr mit dir zusammen sein. Verstehst du das?«

»Nein.« Seine Unterlippe beginnt zu bibbern. Tränen treten in seine Augen. »Bitte, Sara …«

Dass sein Verhalten höchst unattraktiv ist und mich nur noch mehr von ihm stößt, behalte ich für mich. Stattdessen hole ich tief Luft, ziehe meinen Arm von ihm weg, und wiederhole zum gefühlt eintausendsten Mal: »Wir passen nicht zusammen. Ich war unglücklich in unserer Beziehung. Und ich … ich liebe dich nicht mehr. Ich glaube außerdem, dass ich mich in einen anderen verliebt habe.«

Schockiert starrt er mich an, bevor er abrupt einen Schritt zurückweicht, als wäre ich ein Dämon und er hätte Angst vor mir.

»Tut mir leid«, füge ich noch hinzu, obwohl es mir nicht leidtut. Ich muss mich nicht für meine Gefühle entschuldigen. Das habe ich gelernt. Sie sind, wie sie sind. Ich fühle, was ich fühle.

»Meinst du ihn?« Seine Stimme zittert erst, doch bei seinen nächsten Worten klingt sie plötzlich beängstigend kalt und verächtlich. »Diesen verfickten Bauern?«

Seine Wortwahl trifft mich kein bisschen. »Ja.«

»Das kann nicht dein Ernst sein«, schnaubt er wütend. »Was willst du von einem Kerl, der irgendwo allein im Wald lebt und wie ein Terrorist aussieht?«

Fast muss ich über seine dumme Bemerkung lachen. Nur weil Dalton einen dichten Bart trägt, soll er wie ein Terrorist aussehen? Zumindest wäre er dann der heißeste Terrorist ever.

»Ich muss mich nicht bei dir rechtfertigen, Pete«, entgegne ich ruhig. »Wir haben Schluss gemacht. Du musst das akzeptieren.«

»Und wenn ich das nicht will?« Wie ein trotziges Kind verschränkt er die Arme vor der Brust.

»Das ist mitunter ein Grund, warum wir nicht

mehr zusammen sind«, erwidere ich unbeeindruckt. Ich kenne diesen Trotz schon zu gut. »Weil du mich einengst und an mir klebst, obwohl ich schon oft gesagt habe, dass ich mehr Freiraum brauche.« Ich mache einen Schritt auf ihn zu und sehe ihm so fest wie nur möglich in die Augen. »*Ich will nicht mehr mit dir zusammen sein, Pete.* Bitte, versteh das.« Als mir all die Anrufe und Nachrichten einfallen, die er mir bis gestern immer noch geschrieben hat, füge ich hinzu: »Und hör auf, mich zu terrorisieren.« Wie ironisch, dass er gerade noch Dalton einen Terroristen nannte.

Seine mausbraunen Augen tragen einen seltsamen Ausdruck, den ich noch nie zuvor gesehen habe. Lange starrt er mich mit unergründlicher Miene an, bevor er mich ein letztes Mal von Kopf bis Fuß mustert, ehe er die Schultern strafft und das Kinn emporreckt.

Sein Mund ist auf eine angewiderte Weise verzogen, als er emotionslos sagt: »Du bist eine verdammte Schlampe.« Mit diesen Worten wendet er sich ab und marschiert zu seinem Wagen, den er vor meinem Haus geparkt hat. Als dieser sich in Bewegung setzt, tue ich es ebenfalls.

Seine Worte verletzen mich nicht, auch wenn mich sein widersprüchliches Verhalten zugegebenermaßen irritiert. Da ich in Gedanken längst bei Dalton bin, hinterfrage ich es aber auch nicht. Er kann sich wohl nicht entscheiden, ob er wütend auf mich oder traurig sein soll.

Obwohl ich mir vorgenommen habe, Dalton Zeit zu geben, bevor ich das Gespräch mit ihm suche, machen sich meine Beine selbständig und tragen mich zurück zu seinem Haus. Ich klopfe an die Haustür, doch niemand öffnet.

Gerade als ich sie selbst öffnen will, wird sie dann doch aufgerissen und Dalton baut sich mit einem finsteren Blick vor mir auf. Schwer schluckend trete ich zurück und mustere ihn. Nun trägt er zu den tiefsitzenden Jogginghosen auch ein lockeres schwarzes Shirt. Die Adern an seinen kräftigen Armen treten dunkel und geschwollen hervor, als er die Hände wütend zu Fäusten ballt.

»Lässt du mich rein?«, bitte ich ihn versöhnlich.

»Nein.«

»Ich kann dir das erklären«, sage ich drängend, doch er wirkt nicht, als würde er mir überhaupt zuhören. Stattdessen blickt er hinter mich und sieht sich suchend um. »Er ist gefahren. Ich habe ihn weggeschickt.«

»Du hättest gleich mit ihm fahren sollen«, lautet seine abweisende Antwort. »Deine Zeit in Maragoo ist ohnehin vorbei.«

Ich blinzele gekränkt. Ein weiteres Mal versuche ich, zu ihm durchzudringen, indem ich verzweifelt erkläre: »Pete und ich haben Schluss gemacht, kurz nachdem ich nach Maragoo gekommen bin. Ich wollte schon lange nicht mehr mit ihm zusammen sein. Aber erst durch dich konnte ich den Entschluss fassen, mich endgültig von ihm zu trennen. Durch dich wurde mir klar, was … was ich wirklich vom Leben möchte.«

Dalton starrt mich bloß schweigend und ungerührt an. Dann tritt er einen Schritt zurück und umfasst die Tür mit einer Hand.

»Glaubst du mir?«, frage ich ihn schwer schluckend.

»Das ist unbedeutend«, presst er mit gleichgültiger Stimme hervor, die meinen Magen krampfen lässt. »Weil das mit uns auch von keiner Bedeutung ist.«

Ich zucke zurück. Er wirft mir mein Handy, das ich bei ihm vergessen habe, an die Brust, und knallt mir in der nächsten Sekunde die Tür vor der Nase zu.

KAPITEL 17

»Schade«, sagt Mrs Paul bedauerlich am Telefon, während ich meine Koffer packe. »Nun haben wir gar keine Möglichkeit mehr, den Bingo-Abend nachzuholen.«

»Ja, schade«, erwidere ich abwesend. »Sie müssen mir das Geld für die restlichen Tage nicht zurücküberweisen, wie Sie es angeboten haben.«

»Wollen Sie denn sicher nicht noch bleiben?«, erkundigt sie sich verwirrt. »Welchen Grund für ihre verfrühte Abreise gibt es denn? Stimmt etwas nicht?«

»Alles ist in bester Ordnung«, lüge ich und stopfe mechanisch all meine Sachen in die Reisekoffer. »Ich fahre in ungefähr einer halben Stunde los. Den Schlüssel hinterlasse ich unter der Türmatte.«

»Kommen Sie sich denn nicht persönlich verabschieden?« Nun wirkt die Maklerin nicht nur enttäuscht, sondern auch beleidigt.

»Darauf muss ich leider verzichten. Ich habe es eilig«, flunkere ich. »Ich wünsche Ihnen noch alles Gute, Mrs Paul.«

»Ihnen ebenfalls«, murmelt sie, und ich beende das Telefonat.

Mit einem Seufzen werfe ich das Handy in den Koffer und sehe mich im Schlafzimmer um. Der Kleiderschrank ist leer, und nirgendwo liegen noch Sachen von mir herum. Ich marschiere ins nebenanliegende Badezimmer und durchsuche alle Schränke, doch auch hier habe ich schon all meine Sachen entwendet. Nur noch meinen Laptop muss ich einpacken, welcher unten auf dem Couchtisch liegt.

Also hindert mich nichts mehr daran, diesen Ort zu verlassen. *Dalton zu verlassen.*

Nach unserem letzten Gespräch erscheint es mir sinnlos, noch länger hierzubleiben. Was sollte ich auch in den nächsten Tagen hier tun? Ich möchte vermeiden, ihm noch einmal über den Weg zu laufen, weil mich seine eiskalte Abfuhr hart erwischt hat. Seine Worte haben mich getroffen, obwohl ich mich nicht unbedingt als einen sehr sensiblen Menschen bezeichnen würde. Es liegt wohl an der Hoffnung, die ich hatte, aus uns beiden könnte sich doch noch mehr entwickeln.

Wie dumm von mir. Pete hatte recht. Dalton ist ein Einsiedler, der einsam und allein in einem Wald lebt und keine sozialen Kontakte pflegt. Er ist durch den Tod seiner Frau vermutlich gar nicht mehr imstande, eine normale Beziehung zu führen, auch wenn ich glaube, dass sich unsere Ansichten und Erwartungen von einer Beziehung stark ähneln. Wir stehen beide nicht auf Romantik oder schnulzige Liebesschwüre. Wir stehen mehr darauf, uns körperlich zu verbinden.

Gott, der Sex mit ihm wird mir fehlen. Unsere Spielchen werden mir noch mehr fehlen.

Aber er sagte es mir immerhin selbst: Sein Herz ist aus Plastik. Und Plastik ist bekanntlich sehr schädlich.

Deprimiert trage ich die Koffer nach unten und packe den Laptop in einen davon. Ich sehe mich nach dem Ladekabel um, da ich mir plötzlich nicht sicher bin, ob ich es vorhin eingepackt habe. Ich werfe einen kurzen Blick auf die Couch, kann es jedoch nirgendwo entdecken und beschließe, nicht noch einmal nach oben zu gehen, da ich zu faul dafür bin. Sollte ich es irgendwo liegengelassen haben, kaufe ich mir in Denver einfach ein neues.

Das ist so verschwenderisch, Sara, höre ich Petes tadelnde Stimme in meinem Kopf und fuchtele mit der Hand vor meinem Gesicht herum, als könnte ich sie dadurch verscheuchen.

Ein letztes Mal sehe ich mich um, bevor ich die Koffer aus dem Haus und zu meinem Wagen bringe. Ich öffne den Kofferraum, lade sie hinein und knalle die Heckklappe zu. Just in dem Moment, indem ich mich hinter das Steuer setze und den Motor anwerfe, klingelt mein Handy. Genervt steige ich wieder aus dem Wagen und öffne die Heckklappe, um es aus dem Koffer zu holen.

Als ich auf das Display blicke, runzele ich die Stirn. Ein anonymer Anrufer.

»Hallo?«, melde ich mich. »Wer ist da?«

Stille in der anderen Leitung.

»Hallo?«, versuche ich es erneut, doch es klingt, als hätte mich der Anrufer auf stumm geschaltet, denn ich kann weder Atemgeräusche noch sonst etwas hören.

Verwirrt beende ich den Anruf und knalle die Heckklappe zu. Das Handy stecke ich in meine Hosentasche. Dann fällt mir ein, dass ich den Schlüssel für das Haus nicht wie vereinbart unter die Türmatte gelegt habe. Ich schnaube.

Widerwillig kehre ich zum Haus zurück. Ich habe den Schlüssel extra auf der Kücheninsel abgelegt, damit ich ihn nicht vergesse, was ich dennoch getan habe. Es wundert mich kaum – ich war immer schon besorgniserregend vergesslich.

Als ich durch den Raum darauf zusteuere, finde ich nur eine leere Arbeitsplatte vor.

»Hä?«, murmele ich vor mich hin, ehe ich die kleine Kücheninsel umrunde und einen Blick auf den Boden dahinter werfe. Runtergefallen ist er offensichtlich nicht. Wo habe ich ihn abgelegt? Ich war mir so sicher, ihn auf dem Tresen zurückgelassen zu haben.

Durcheinander visiere ich die Treppe an und nehme gleich zwei Stufen auf einmal ins obere Stockwerk. Dort betrete ich das Schlafzimmer und sehe mich nach dem Schlüssel um, kann ihn jedoch nirgendwo entdecken. Ich marschiere auf das Bett zu, hebe die Decke an und schaue darunter. Vielleicht ist er beim Kofferpacken unter die Laken gerutscht.

Wobei ich immer noch der Überzeugung bin, ich hätte ihn gar nicht erst mit nach oben genommen.

Auch unter der Decke finde ich ihn nicht, und so laufe ich wieder nach unten, um nachzusehen, ob ich ihn ins Türschloss gesteckt habe.

Okay, jetzt wird es gruselig. Nicht bloß, weil sich der Schlüssel in Luft aufgelöst zu haben scheint, sondern auch, weil meine beiden Reisekoffer die Tür blockieren.

Ich blinzele mehrmals ungläubig, während mir ein kalter Schauer über den Rücken läuft und ich mich frage, ob ich womöglich halluziniere.

Meine Schritte sind unsicher und zögerlich, als ich mich auf das Fenster neben der Haustür zubewege und einen Blick zu meinem Wagen werfe. Der Kofferraum ist geschlossen. Warum zur Hölle stehen meine Koffer jedoch hier im Haus?

Als es in meiner Hosentasche piept, zucke ich zusammen. Ich fische mein Handy mit zittrigen Fingern heraus und blicke auf das Display. *Anonym.* Schon wieder.

»Dalton?«, frage ich nervös, als ich abnehme, weil die einzige logische Erklärung für diese seltsamen Ereignisse ist, dass er mir einen Streich spielt. »Versuchst du mich zu veräppeln? Das ist nicht witzig!«

Wieder ist es still in der anderen Leitung, und ich beende zugegebenermaßen ein wenig ängstlich das Telefonat. Danach drehe ich mich ruckartig um und suche nach Eindringlingen im Haus, die es nicht gibt. Meine Kehle wird trocken.

»Ist da jemand?«, rufe ich dennoch hörbar panisch, erhalte jedoch wie erwartet keine Antwort. Welcher Einbrecher würde auch schon »Jap, ich bin hier!« zurückrufen?

Nur ein ziemlich dummer.

Langsam bewege ich mich auf die Treppe zu. »Dalton?«

Ich bringe ihn um, sollte er dahinterstecken. Ich liebe unsere Spielchen, aber gerade jagt er mir einen riesigen Schrecken ein. Das hier grenzt auch eher an ein Psychospiel, und daran finde ich nun wirklich nichts erotisch.

»Wenn du jetzt gleich irgendwo hervorgesprungen kommst, bringe ich dich um!«, warne ich ihn vor, als ich die Stufen nach oben steige. Vielleicht hat er sich vorhin im Kleiderschrank versteckt. Wie aber hätte er dann meine Koffer ins Haus tragen können?

Ich visiere gerade das Schlafzimmer an, als mich ein Geräusch im unteren Stockwerk herumfahren lässt. Gleichzeitig bricht mir der Kaltschweiß aus.

Mein Puls rast, als ich die Stufen nach unten renne und dabei fast über meine eigenen Füße stolpere. Versucht Dalton etwa, mich verrückt zu machen? Will er sich so an mir rächen?

Als ich unten ankomme, halte ich ruckartig inne. Meine Koffer sind verschwunden und die Haustür steht sperrangelweit offen.

Und der verdammte Hausschlüssel liegt wieder auf der Kücheninsel.

Okay, das reicht. Die Panik ergreift mit solch einer Wucht Besitz von mir, dass sich mein Herz mehrmals überschlägt, als ich aus dem Haus stürme, ohne meinen Koffern oder dem Schlüssel Beachtung zu schenken. Ich renne zu meinem Wagen und beschließe, zu Mrs Paul zu fahren, um mit ihr zusammen hierher zurückzukehren und meine Koffer zu holen. Sie muss ohnehin herkommen, um die Schlüssel zu holen.

Ich reiße die Wagentür auf, werfe mich auf den Fahrersitz, und greife nach der Autotür, als mir bewusst wird, dass der Motor nicht mehr läuft. Mein Blick fällt auf das Zündschloss. Nun ist *dieser* Schlüssel spurlos verschwunden.

Ich keuche und blicke mich um. Versteckt sich Dalton irgendwo im Wald und lacht sich ins Fäustchen? Das wäre total krank. Dieses Spielchen geht definitiv zu weit.

Impulsiv hebe ich den Kopf und will in den Rückspiegel blicken, um auch hinter das Auto zu sehen, doch dieser ist in eine ganze andere Richtung gedreht. Mir dreht sich der Magen um.

Da wird mir klar, dass es nicht Dalton ist, der dieses Spielchen mit mir spielt. Er würde nie so weit gehen, mich in Todesangst zu versetzen. Zumindest würde er mich wissen lassen, dass er mein Gegner ist, wodurch ich erst gar keine Todesangst hätte.

Ohne nachzudenken fische ich das Handy aus meiner Hosentasche und versuche mit scheppernden Fingern, den Notruf zu wählen. Doch kaum bewegen sich meine Finger auf dem Display, trifft mich etwas hart auf dem Hinterkopf und das Handy fällt mir ächzend aus der Hand. Mein Kopf fliegt gleichzeitig nach vorne, und ich stoße mir die Stirn auf dem Lenkrad.

Vor Schmerz stöhnend lasse ich mich aus dem Wagen fallen und krabbele in Richtung Haus, doch meine Füße werden unsanft gepackt, ehe ich über den Boden in den Wald gezogen werde. Meine Hände krallen sich hilflos und verzweifelt in die Erde, während es aufgrund des harten Schlages laut in meinem Kopf zu dröhnen beginnt. Ein stechender Schmerz macht sich bemerkbar, und meine Sicht ist ganz verschwommen.

Mir fehlt die Kraft, um dagegen anzukämpfen, wie ein Vieh an den Füßen durch den Wald geschleift zu werden, und auch all meine Versuche, die Person zu treten, scheitern kläglich. Als sich meine Sicht allmählich klärt, drehe ich den Kopf und blicke über meine Schulter.

Oh mein Gott. Es ist Pete. Und er trägt eine Schaufel in der Hand.

»Ich dachte eigentlich, der Schlag würde dich

ausknocken, aber dein Schädel scheint aus Beton zu sein«, murmelt er vor sich hin. Sein Tonfall klingt vollkommen neutral, als hätte er nicht gerade eben erst versucht, mich bewusstlos zu schlagen. »Aber eigentlich sollte es mich nicht wundern. Nicht umsonst nenne ich dich immer *Dickkopf*.« Er lacht über seinen eigenen Witz.

»Was tust du?«, krächze ich gleichzeitig verwirrt und ängstlich. »Lass mich los!«

Seine mausbraunen Augen wirken so kalt und berechnend, dass ich mich frage, wie ich all das Böse in ihnen nicht schon eher erkennen konnte. Er schenkt mir ein mörderisches Lächeln, bevor er nüchtern erklärt: »Jetzt gerade suche ich noch die perfekte Stelle für dein Grab, welches wir dann zusammen schaufeln werden, Schatz.« Jeder meiner Muskeln verkrampft sich bei seinen Worten. »Und danach erledige ich dich. Wie, habe ich mir noch nicht überlegt, aber mir fällt bestimmt etwas ein. Nicht nur du hast eine blühende Fantasie, Schatz.«

Sämtliche Farbe weicht spürbar aus meinem Gesicht. »W-w-was?«

»Du hast mir zu verstehen gegeben, dass wir nie wieder zusammen sein werden«, sagt er, als würde das seine Entscheidung, mich umzubringen, erklären. »Womit ich vielleicht irgendwann hätte leben können. Aber nicht damit, dass du mit einem anderen Kerl glücklich wirst. Mit so einem Bauern.« Verächtlich verzieht er das Gesicht und spuckt auf den Boden.

»Du wirst mich nicht gegen einen anderen austauschen, hörst du? Nur über meine Leiche.« Wieder stiehlt sich dieses psychotische Lächeln auf sein Gesicht. »Oder eben über deine.«

Mein Hirn kann seine Worte kaum verarbeiten, da es noch damit beschäftigt ist, zu realisieren, was hier gerade geschieht.

Pete ist ein Psychopath, der vorhat, mich umzubringen, weil ich ihn verlassen und einen anderen Mann habe.

Es fühlt sich an, als würde ich in einem Psychothriller die Hauptrolle spielen. Kläglich wird mir bewusst, wie viel lieber es mir ist, die Hauptrolle in meinen eigenen Büchern zu spielen.

»Hier ist es perfekt, denke ich. Was sagst du?« Pete lässt meine Füße los, und sie landen hart auf der Erde. Er deutet auf den Waldboden hinter einem der massiven Baumstämme.

»Ich denke, dass du vollkommen gestört bist«, zische ich und trete ihm hart gegen das Schienbein, als er sich über mir aufbaut. Er verzieht knurrend das Gesicht, und ich rappele mich ungelenk vom Boden auf.

»Hilfe!«, schreie ich in dem Wissen, dass mich niemand hören kann. Daltons Haus liegt zu weit entfernt, und sollte er nicht wie durch einen Zufall gerade auf seiner Veranda stehen, wird er meine Hilferufe nicht hören können.

Ich wirbele herum und laufe los.

»Du verdammte Schlampe.« Pete stürzt sich von hinten auf mich und bringt uns zu Boden. Durch sein Gewicht auf meinem Rücken weicht mir jeglicher Sauerstoff aus der Lunge, dennoch entfährt mir ein erstickter Schrei. »Halt's Maul!«

»Geh runter von mir!«, kreische ich und versuche, mich auf den Rücken zu rollen, kann ihn jedoch nicht abschütteln. Ich schlage wild mit den Armen um mich und versuche dann, meinen Ellbogen zurückzustoßen, verfehle seinen Körper jedoch. »Hil–«

Mein nutzloser Hilfeschrei wird durch einen weiteren Schlag auf meinen Hinterkopf unterbrochen. Mein Gesicht knallt dabei hart auf den erdigen, unebenen Boden.

Dann wird mein Körper herumgerissen, und ich lande genauso hart auf dem Rücken. Benommen sehe ich zu Pete auf, der nun auf mir hockt und seine Hände um meine Kehle schlingt. Er drückt erbarmungslos zu, bis mir die Luft ausgeht. Meine Augen weiten sich vor entsetzlicher Panik, während seine so irre und eiskalt erscheinen, wie er es offenbar ist.

»Lebwohl, Sara. Hier im Wald wird dich nie jemand finden. Zumal dich hier nie jemand suchen wird, weil jeder denkt, du wärst abgereist. Nur um dein Auto muss ich mich noch kümmern.« Er lächelt diabolisch auf mich herab, während meine Lider schwer werden und meine Gliedmaßen ganz schlaff. »Du hast mir wirklich in die Karten gespielt, du verlogene Fotze.«

Sternchen flirren vor meinem inneren Auge, und in mir breitet sich eine beängstigende Ruhe aus. Mit der letzten Kraft, die ich habe, schlinge ich meine Hände um Petes Klauen an meinem Hals, doch er lässt nicht von mir ab. Meine Finger rutschen hilflos von seinen Händen, bevor mein Körper unkontrolliert zu zucken beginnt.

Dann auf einmal ist der Druck auf meinem Hals weg, und ich schnappe röchelnd nach Luft. Wild hustend richte ich mich auf und greife mir verzweifelt an die Kehle, als Petes Körper schlaff zur Seite fällt. Ich schüttele seine Beine von meinen ab und krabbele panisch von ihm weg.

Als ich aufsehe, starre ich direkt in Daltons düsteres Gesicht. Der Ausdruck in seinen Augen bereitet mir unheimliche Angst, und trotzdem empfinde ich ein unbeschreibliches Maß an Freude und Erleichterung. *Er hat mich gerettet.*

»Sara, geht es dir gut?« Er streckt die Hand nach mir aus, wartet jedoch nicht, bis ich meine hineinlege, sondern packt mich am Arm und zieht mich auf die Beine.

»Ja.« Meine Knie scheppern aneinander, und ich kann mich kaum aufrecht halten. Dalton stützt mich, indem er einen Arm um mich schlingt, und ich werfe einen Blick zu Boden.

Auf Pete, der mit dem Gesicht nach unten auf der Erde liegt. Sein Hinterkopf bietet einen widerlichen

Anblick. Dunkelrotes Blut, verfilzte Haare und Blätter, die sich darin verfangen haben.

Mein Blick zuckt zu Daltons Hand. Der massive Stein, den er fest darin umklammert, ist ebenfalls mit Blut und Blättern bedeckt.

»Ist er tot?«, wispere ich und weiß nicht, welche Antwort darauf ich hören will.

Dalton schiebt mich hinter sich, bückt sich und fühlt Petes Puls. Mit aneinander mahlenden Kiefern richtet er sich wieder auf und blickt mir fest ins Gesicht. Das Blau seiner Augen wird dunkel und verschleiert wie der Himmel nach einem Gewitter. »Ja.«

Ich nicke, nicht imstande, irgendwelche Gefühle auszudrücken. Als ich bemerke, gar nicht mehr damit aufzuhören, frage ich verzweifelt: »Und was machen wir jetzt mit ihm?« In meinem Hals kratzt es unangenehm.

»Dasselbe, was er auch mit dir machen wollte.« Daltons Stimme klingt entschlossen, kein Anzeichen von Unsicherheit oder Reue liegt darin. So auch nicht in seinem Blick. »Ich kümmere mich darum«, presst er ruhig hervor, und nun finden seine Augen meine. Auch darin erkenne ich eine Ruhe, die sich unwillkürlich auf mich projiziert.

Wieder nicke ich. Als mir einfällt, dass Mrs Paul jeden Moment bei meinem Haus erscheinen könnte, weite ich schlagartig die Augen. »Scheiße!«

»Was?«

»Mrs Paul ... Sie kommt vorbei, um den Schlüssel abzuholen. Ich ... ich wollte eigentlich abreisen.« Ich werfe einen Blick über die Schulter, obwohl mein Haus nicht in Sichtweite ist, was bedeutet, dass Mrs Paul uns auch beim Vorbeifahren nicht hier im Wald sehen kann. »Wenn sie meinen Wagen vor dem Haus entdeckt, wird sie misstrauisch werden, zumal die Haustür offensteht und ich den Hausschlüssel nicht wie vereinbart unter die Matte gelegt habe. Dann kommt sie bestimmt zuallererst bei dir vorbei.«

»Dann geh zurück, hol deine Sachen und das Auto und fahr damit zu meinem Haus«, befiehlt er mir und schnappt sich die Schaufel, um das Grab zu schaufeln, das eigentlich für mich gedacht war. »Sie soll denken, du wärst wie vereinbart abgereist. Bekommst du das hin?«

»Ja«, murmele ich. »Aber mein Autoschlüssel ...« Ich deute auf Pete.

Dalton dreht Petes leblosen Körper mit dem Fuß auf den Rücken und greift in beide seiner Hosentaschen, ehe er mir meinen Autoschlüssel reicht.

Ich nehme ihn an mich und spüre Panik in mir aufkeimen. »Dalton, was ... Was, wenn jemand ...«

»Alles wird gut«, verspricht er mir, und aus irgendeinem Grund glaube ich ihm. »Hiervon wird nie jemand erfahren.«

»Du hast ihn umgebracht.« Ich schlucke schwer. »Meinetwegen. Es ... es tut mir so leid, Dalton.«

Seine Augen werden weicher, als er mich mustert.

Erst da bemerke ich, zu zittern. Er kommt auf mich zu und schließt die Finger um mein Kinn, bevor er dieses anhebt und rau flüstert: »Macht nichts.«

Aus irgendeinem Grund stiehlt sich ein Lächeln auf meine Lippen. Er erwidert es, und damit ist alles gesagt.

KAPITEL 18

*U*nruhig tigere ich in Daltons Haus auf und ab. Immer wieder werfe ich einen Blick aus dem Fenster neben der Haustür, kann ihn jedoch nicht entdecken. Er befindet sich noch im Wald und beseitigt unser Problem.

Pete.

Gott, wäre Dalton nicht rechtzeitig aufgetaucht, wäre nun ich diejenige, die tief unter der Erde … Nein. Ich erlaube mir nicht, den Gedanken weiterzuführen. Dalton hat dafür gesorgt, dass mir nichts zustößt, und nun kümmert er sich darum, dass nie jemand davon erfährt. Ich muss darauf vertrauen, dass er alle Spuren verwischt.

Meinen Wagen habe ich hinter seinem Haus geparkt, nachdem ich meine Kleidung gewechselt habe, damit ihn niemand entdeckt, sollte er ihm einen Besuch abstatten. Nun glaube ich zwar nicht mehr, dass Mrs Paul bei ihm vorbeischauen könnte, da nichts darauf hindeutet, dass ich nicht wie angekündigt abgereist bin, aber ich wollte auf Nummer sicher gehen. Ich will Dalton nicht in Schwierigkeiten bringen.

Als ich einen Blick aus dem Fenster nach draußen werfe und ihn entdecke, reiße ich hastig die Haustür auf und sehe mich in der Gegend um. Immer noch ist sie ruhig, wie er selbst. Die Art, wie er auf mich zumarschiert, wirkt entschlossen und keineswegs verunsichert oder aufgewühlt. Überhaupt nicht so, als hätte er gerade eine Leiche unter der Erde vergraben. Nur der Dreck an seinen Händen und der Kleidung wirken verdächtig.

»Alles … erledigt?«, stoße ich nervös hervor, als er sich an mir vorbeidrängt und sein Haus betritt.

Er wirft Autoschlüssel, ein Portemonnaie und ein Handy auf den Couchtisch und dreht sich mit einem gefassten, ruhigen Blick zu mir um. »Alles erledigt.«

Ich deute schwer schluckend auf die Sachen. »Sind das … Petes?«

»Ja.« Der Ausdruck in seinen blauen Augen verspricht mir, dass alles gut wird. »Ich kümmere mich darum, dass sie verschwinden.« Ich nicke nur. »Weißt du, wo sein Wagen steht? Ich konnte ihn in der Umgebung nicht finden.«

»Nein«, murmele ich sofort wieder nervös. »Ich habe ihn nicht gesehen.«

»Macht nichts. Es wird ohnehin eine Zeit lang

dauern, bis er auffällt, weil er keinem der Einwohner gehört und sich nicht vom Fleck bewegt.«

»Oder bis jemand Pete als vermisst meldet und sie nach seinem Wagen suchen«, wende ich ein.

»Das passiert ebenfalls nicht sofort. Wir haben mindestens achtundvierzig Stunden, bis eine Vermisstenanzeige aufgegeben und die Suche nach ihm gestartet wird.«

»Oh Gott«, entfährt es mir, und ich greife mir verzweifelt an die Stirn. »Das ist alles so furchtbar! Sie werden Petes Wagen entdecken und dann die Gegend nach ihm absuchen. Bestimmt folgen irgendwelche Schnüffelhunde seinem Geruch bis in den Wald und dann wird seine Leiche ausgegraben und wir werden die Ersten sein, die verdächtigt werden, weil ich seine Freundin war und eine Affäre mit dir hatte, und dann werden wir ins Gefängnis gehen, weil ich keinem Verhör standhalte und –«

»Nichts davon wird passieren.« Dalton tritt entschlossen auf mich zu und nimmt mein Gesicht zwischen seine großen, dreckigen Hände, die gerade ein Grab für meinen Ex geschaufelt haben. Ich starre ihm mit glasigen Augen ins Gesicht, als er beruhigend hervorpresst: »Niemand wird jemals erfahren, was geschehen ist. Außerdem war ich es, der ihn umgebracht und begraben hat. Nicht du.«

»Dalton …«

»Hör auf.« Er sagt es sanft, und ich verstumme, während mir eine Träne über die Wange kullert. Ich bin ratlos und überfordert, weil ich befürchte, dass jemand herausfinden könnte, was geschehen ist. »Ich habe gesagt, dass ich mich darum kümmere, und dass niemand je davon erfahren wird. Das ist ein Versprechen, Sara.«

Ich nicke bloß stumm, bevor ich seine Handgelenke ergreife und mich daran festkralle.

»Wer könnte Pete als vermisst melden? Hat er Familie?«, will er konzentriert wissen, während er Pläne schmiedet, wie er sein Versprechen an mich halten kann.

»Nein, er hat niemanden … Nur seine Arbeit. Vielleicht melden ihn seine Kollegen als vermisst«, erwidere ich nachdenklich. »Aber wegen seines Ausflugs hierher hat er sich bestimmt ein paar Tage freigenommen. Sie würden also frühestens in einer Woche oder so Verdacht schöpfen, wenn er nicht wieder zur Arbeit erscheint.«

»Gut.« Dalton nickt und nimmt die Hände von meinem Gesicht. »Bis dahin sind wir beide über alle Berge.«

Ich blinzele, während mein Herz schneller klopft. »Wir beide … Über alle Berge?«

»Ja.« Dalton wendet sich ab und schnappt sich Petes Sachen vom Couchtisch, bevor er in seine Küche marschiert und sich vom Schrank unterhalb seiner Spüle einen Benzinkanister schnappt. »Wir werden von hier weggehen.«

»Du auch?«, wispere ich hoffnungsvoll. Der

Gedanke, wir würden zusammen diesen Ort verlassen und uns auch zusammen irgendwo anders niederlassen, beflügelt mich und verdrängt all die schrecklichen anderen Gefühle in mir.

»Ich auch«, bestätigt er rau, bevor er an mir vorbei zur Haustür geht. »Die Leute hier sind zu neugierig und reden zu viel. Sollte hier doch jemand nach Pete suchen, weil er einem seiner Kollegen verraten hat, dass er dich in Maragoo besuchen fährt, dürfen wir beide nicht mehr hier sein.«

»Aber wirkt es nicht auffällig, wenn du plötzlich auch verschwindest?«, frage ich unsicher. »Mit mir?«

»Ich verschwinde nicht mit dir.« Er öffnet die Tür und hält inne, um mich anzusehen. Seine blauen Augen gleiten langsam über mich, bevor sie mit einem bedauerlichen Ausdruck auf meine treffen. »Du verschwindest wie angekündigt noch heute. Aber nicht zurück nach Denver. Du suchst dir irgendeinen anderen netten Ort zum Leben. Und ich werde Maragoo in den nächsten Tagen verlassen und dasselbe tun.«

Mir wird schwer ums Herz. »Also werden wir getrennt sein«, schlussfolgere ich erstickt. »Und uns nie wiedersehen.«

Seine Gesichtszüge verhärten sich, als er zögerlich zustimmt, indem er knapp nickt. Ich will protestieren und ihm sagen, dass wir zusammen weggehen sollten, doch da befiehlt er mir auch schon: »Iss und trink etwas, um dich für die Fahrt zu stärken, und googele nach ein paar netten, abgelegenen Orten wie diesem hier. Ich weiß, dass es dir hier gut gefällt, unabhängig davon, dass ich hier lebe. Du magst es grün und ruhig, und insgeheim magst du auch all die aufdringlichen Leute. Orte wie diesen gibt es zur Genüge. Du wirst wieder ein schönes Plätzchen finden, um dich dort einzunisten. Oder einzuigeln.« Er schenkt mir ein kleines Lächeln, das mir das Herz zerreißt, und verschwindet nach draußen, um Petes Sachen zu verbrennen.

Als er nach gut zwanzig Minuten wieder zurückkehrt, habe ich nichts davon getan. Weder gegessen noch getrunken, und auch keine neuen Orte aus dem Internet herausgesucht, an denen ich mir ein neues Leben aufbauen könnte. Dalton hat recht; mir gefällt es hier. Ich möchte gar nicht zurück nach Denver. Ich möchte aber auch nicht ohne ihn in ein neues Kaff ziehen.

Ich verstehe aber, warum er das möchte. Es ist besser, sicherer. Außerdem kennen wir uns erst ein paar Wochen. Natürlich will er nicht mit mir zusammen wegziehen und irgendwo leben.

Warum jedoch will ich das so sehr?

Der Gedanke, vollkommen auf mich allein gestellt zu sein, erdrückt mich förmlich. Als ich hierherkam, war es genau das, was ich wollte – allein zu sein, niemanden um mich zu haben und meine Ruhe zu genießen.

Jetzt will ich mit Dalton zusammen allein sein und meine Ruhe genießen.

»Bist du fündig geworden?«, fragt er mich, als er die Haustür hinter sich schließt. Er riecht nach verbranntem Plastik und Rauch und ich spüre, wie unruhig er nun ist. Vermutlich wecken der Geruch und der Anblick der Flammen unschöne Erinnerungen an seine verstorbene Frau bei ihm. »Sara?«

Ich blinzele zu ihm auf, als er sich der Couch nähert, auf der ich sitze. »Nein, ich habe gar nicht nach neuen Orten gesucht.«

»Warum nicht?« Er zieht die dichten Augenbrauen zusammen und blickt streng auf mich herab. »Du musst gehen, Sara. Die Leute müssen denken, dass du schon früher an diesem Tag wie angekündigt abgereist bist.«

»Aber dann sehen wir uns nie wieder«, hauche ich bedrückt, woraufhin sein Blick weicher wird.

Dalton geht vor mir in die Hocke und legt seine großen, warmen Hände auf meine Oberschenkel. Nun sind sie noch dreckiger, seine Finger ganz dunkel von den Rußspuren. »Das ist wahrscheinlich besser so.«

Ich schlucke. »Warum?«

Er schenkt mir ein Lächeln, das seine Augen nicht erreicht, und nun erkenne ich, dass es auch ihm nicht gefällt, sich von mir verabschieden zu müssen. Für immer. »Weil dich mein Anblick ein Leben lang daran erinnern wird, was passiert ist. Du wirst immer an diesen Ort und Pete denken. Daran, was an deinem letzten Tag hier passiert ist.«

Heftig schüttele ich den Kopf. »Nein. Nein, das werde ich nicht. Wenn ich dich ansehe, denke ich doch nicht an Pete. Ich –«

»Sara«, unterbricht er mich mit nachdrücklicher, ruhiger Stimme. Mir schnürt sich die Kehle zu, als er rau murmelt: »Ich will, dass du vergisst, was geschehen ist. Dass du weiterziehst und irgendwo glücklich wirst. Das geht aber nicht mit mir an deiner Seite. Ich bringe nur Unheil mit mir.«

»Blödsinn«, murmele ich, und zu meinem Leidwesen entfährt mir ein Schluchzen, bei dem sich Daltons Miene deutlich anspannt. Ich lege die Hände um sein Gesicht und flüstere brüchig: »Was du für mich getan hast … *Das* werde ich niemals vergessen. Ich will es auch nicht vergessen, hörst du?«

Sekundenlang starrt er mich nur an, während er sich vermutlich vorstellt, wie es wäre, würden wir zusammen von hier weggehen. Oder uns wenigstens in ein paar Tagen an einem verabredeten Ort treffen und dort zusammen von vorne anfangen. Als Paar oder kriminelle Komplizen, was auch immer. Ich erkenne in seinen Augen, dass es eigentlich auch das ist, was er möchte, dennoch wirken sie distanziert, als wäre er nicht bereit dafür. Nicht bereit, sich ganz offiziell einem neuen Abschnitt seines Lebens zu widmen, was bedeuten würde, den alten hinter sich zu lassen.

Den mit seiner Frau und seiner schweren Trauer um sie, die ihn völlig vereinsamen hat lassen.

Meine Augen flehen ihn regelrecht an, diesen Schritt zu wagen; es mit mir zu wagen, doch ich erkenne, ohne dass er es mir mitteilt, dass er es nicht tun wird. Irgendetwas hält ihn krampfhaft davon ab. Davon, seinen Wünschen nachzugeben, als würde er denken, er hätte es nicht verdient, glücklich zu werden.

Mit einer anderen Frau.

Die aussieht wie seine verstorbene Ehefrau.

Vielleicht liegt es auch an seinem Herz aus Plastik, das seit ihrem Tod nicht mehr dazu imstande ist, für jemand anderen zu schlagen. Er hat es mir immerhin gesagt.

Als Dalton sich wortlos erhebt, sehe ich dennoch hoffnungsvoll zu ihm auf. Er verschwindet zur Treppe, steigt diese nach oben und betritt anschließend sein Schlafzimmer. Ich kann hören, wie er Schubladen öffnet und wieder schließt, bevor sich seine Schritte der Treppe nähern und ich ihn darauf entdecke. Als er auf mich zumarschiert, trägt er einen Ausdruck wilder Entschlossenheit im Gesicht.

»Hier.« Er hält mir eine gefaltete Landkarte vor die Nase. Als ich sie ihm abnehme und einen Blick darauf werfe, entdecke ich einen roten Kreis im Bereich des Bundesstaates Utah. »Springville. Dorthin wirst du gehen. Als ich damals nach Orten wie diesem hier gesucht habe, habe ich die Stadt entdeckt. Sie ist zwar belebter, aber auch ruhig und abgelegen. Keine Touristen, kein richtiges Stadtleben. Es gibt einige schöne Häuser inmitten in der Natur, abgegrenzt von jeglicher Zivilisation. Bestimmt findest du dort deine Ruhe, um an deinen Büchern zu arbeiten. Es wird dir dort gefallen.«

»Dalton …« Ich knülle die Karte in meiner Hand zusammen und erhebe mich von der Couch. »Ich will nicht ohne dich dorthin gehen.«

»Du musst.« Seine Worte klingen hart, weil er mir zu verstehen geben will, dass ich keine andere Wahl habe. »Und du musst es jetzt tun.«

Ein weiteres Schluchzen will sich meine Kehle emporkämpfen, doch Dalton nimmt mein Gesicht in beide Hände und drückt seinen Mund auf meinen, erstickt es mit seiner Zunge. Warm und sanft taucht sie darin ein und umspielt die meine. Ich klammere mich an seinen Armen fest und erwidere den Kuss schwermütig. Sein Geschmack breitet sich auf meiner Zunge aus, und meine Lippen kribbeln von den seinen, von ihrer Wärme und zärtlichen Liebkosung.

»Geh«, flüstert er an meinem Mund, seine Stimme klingt rauer als sonst. »Und verriegele ab sofort die Türen und Fenster in deinem Haus, bevor noch jemand auf die Idee kommt, sich nachts Zutritt zu verschaffen und über dich herzufallen.«

Ich lächele, obwohl mir nach Weinen zumute ist. Als er sich von mir löst, erwidert er mein Lächeln und schiebt mich sanft, aber bestimmt in Richtung der

Haustür. Meine Schritte sind schwer, obwohl meine Knie weich sind, als ich die Tür öffne und auf die Veranda trete. Ich blicke zu Dalton zurück und spüre, wie sich mein Brustkorb verkrampft, als ich all die Schwermut in seiner Miene erkenne.

Zu wissen, dass es auch ihm schwerfällt, sich von mir zu verabschieden, tut gut. Es mindert meinen eigenen Schmerz, seinen zu sehen.

Mit der Landkarte in der zitternden Hand umrunde ich sein Haus und steige auf dem Fahrersitz meines Wagens ein. Meine Koffer, die Pete neben meinem Haus versteckt hat, als er sein Psychospiel mit mir gespielt hat, und mein Handy habe ich vorhin schon darin verstaut. Ich starte den Motor, fahre rückwärts, bis ich mit dem Wagen vor Daltons Veranda halte, und blicke noch einmal zum Eingang.

Er steht vor der Tür und starrt mich durch die Autoscheibe an. Seine Augen fokussieren mich, als wolle er mich nicht gehen lassen, nicht aus dem Blick verlieren, doch er rührt sich nicht vom Fleck und hindert mich nicht daran, ihn zu verlassen, wie er es gefordert hat. Auch wenn es den Anschein macht, als hätte er recht gehabt, was sein Herz betrifft, bin ich mir sicher, dass es in diesem Moment meinetwegen einen kleinen Bruch bekommt.

Ich starre voller Unentschlossenheit zurück und möchte ihm noch ein Dutzend Dinge sagen, doch keines davon verlässt meinen Mund.

Stattdessen rollen ein paar Tränen über meine

Wangen, als ich den Wagen schließlich wende und die Abzweigung durch den Wald zur Hauptstraße nehme.

Die mich raus aus Maragoo führen wird.

Weg von ihm.

Für immer.

KAPITEL 19

»*D*anke vielmals.« Ich schenke dem Angestellten ein Lächeln und klemme mir die neu erworbene Lampe unter den Arm, während ich im anderen die Kiste trage, in der ich all die Deko hineingeworfen habe, die ich für mein neues Haus gekauft habe.

Ich verlasse das kleine Möbelgeschäft und mache mich auf den Weg zu meinem Wagen, um meine Einkäufe darin zu verstauen, bevor ich noch einen kurzen Abstecher in den Baumarkt mache. Ich brauche Werkzeug, um die Regale, die ich gestern gekauft habe, zusammenzubauen.

Als ich mich anschließend auf den Weg nach Hause mache, merke ich, wie mich Traurigkeit und Heimweh erfassen, weil sich das Haus, das ich gemietet habe, absolut nicht wie mein Zuhause anfühlt. Ich besänftige mich mit dem Gedanken, dass das vermutlich normal ist. Immerhin lebe ich erst seit etwas über einer Woche in Springville. Auch wenn mir die Stadt gefällt, wie Dalton mir prophezeit hat, und ich schon einige Bekanntschaften schließen konnte, fühle ich mich hier nicht so wohl wie in Maragoo.

Wahrscheinlich liegt es auch daran, dass ich dem Dörfchen und allem, was ich dort zurückgelassen habe, hinterhertraue. Übel. Am meisten natürlich dem Mann, der für mich getötet hat.

Gott, er hat tatsächlich für mich getötet. Und es vertuscht. Ich hatte nicht einmal die Möglichkeit, ihm richtig dafür zu danken. Dafür, dass er mir das Leben gerettet hat.

Das, was an jenem Tag in Maragoo geschah, verfolgt mich nächtlich in meinen Träumen. Ich könnte jedes Mal schwören, Petes Hände auf meinem Hals zu spüren, und wache mit dem schrecklichen Gefühl auf, keine Luft zu bekommen. Die Albträume sind vermutlich vollkommen normal, da mein Unterbewusstsein immer noch nicht verdaut hat, was geschehen ist. Zusätzlich plagt mich die Sehnsucht nach Dalton.

Ich kann ihn einfach nicht abhaken und vergessen. Unmöglich.

Dass ich nicht einmal seine Handynummer habe, frustriert mich noch mehr. Ich werde ihn tatsächlich nie wiedersehen oder hören. Nie. Wieder.

Dabei könnte ich mir so gut eine Zukunft mit diesem seltsamen Einsiedler mit den fragwürdigen

Angewohnheiten vorstellen. Er war perfekt für mich. *Ist* perfekt für mich. Vielleicht genau deswegen, weil sein Herz aus Plastik ist und demnach nicht zu viel von meinem eigenen verlangt.

Ich halte an einer Tankstelle, um meinen Wagen zu tanken, und kaufe mir im Tankstellenshop ein Hähnchensandwich, da ich den ganzen Tag lang noch nichts gegessen und mörderischen Hunger habe, obwohl ich seit einer Woche kaum Appetit habe. Essen muss ich wohl trotzdem. Das infernalische Knurren meines Magens nervt.

»Na, haben Sie sich schon eingerichtet?«, fragt mich die Angestellte hinter dem Tresen, als ich bezahle.

Nach meiner Ankunft in Springville haben wir uns hier an der Tankstelle unterhalten, und sie hat mir den Kontakt zu einem Makler hergestellt, mit dem ich mich schon am nächsten Tag getroffen habe. Das erste Haus, das er mir gezeigt hat, war perfekt – in sehr ruhiger Lage, umgeben von Natur und abseits der belebteren Plätze. Dennoch habe ich es nicht weit zum Supermarkt und ein paar anderen Läden. Die Miete ist lächerlich niedrig, und der Vertrag war noch am selben Tag unter Dach und Fach, da ich alle wichtigen Dokumente auf dem Laptop bei mir hatte, die der Makler benötigte. Offenbar hat er ihr danach erzählt, dass er mir ein Haus vermieten konnte.

Ich schenke der Frau mittleren Alters ein schwaches Lächeln. »Ich bin gerade dabei.«

»Das Haus war nicht möbliert, als Sie eingezogen sind, richtig?«, will sie wissen, als sie mir mein Retourgeld reicht.

»Nur zum Teil. Die restlichen Möbel besorge ich nach und nach, aber die wichtigsten habe ich alle schon«, erzähle ich ihr. »Außerdem waren Küche und Bad voll ausgestattet.«

Sie lächelt mich an. »Schön, schön. Dann hoffe ich, Sie fühlen sich hier schon ganz bald wie zu Hause.«

»Ich auch.« Schwermütig lächele ich und verlasse die Tankstelle, um meinen Weg nach Hause fortzusetzen.

Als ich alle Kartons, Tüten und die goldene Lampe mit hübschem Schirm hineingetragen habe, mache ich mich direkt daran, die Regale im oberen Stockwerk zusammenzubauen. Es sind zwei dekorative Bücherregale, in die ich auch kleine Topfpflanzen und Kerzen stellen möchte. Außerdem habe ich Lichterketten gekauft, die ich daran befestigen möchte.

Es dauert ungefähr zwei Stunden, bis beide Regale stehen und an der Wand fixiert sind. Ich beginne damit, sie zu dekorieren, und zwinge mich sofort danach, mir eine nächste Aufgabe zu suchen, um die lästigen und unerwünschten Gedanken an Dalton aus meinem Kopf zu verdrängen.

Am schlimmsten ist, dass ich deswegen nicht schreiben kann. Seit meiner Ankunft hier habe ich noch keine einzige Zeile verfasst. Mein Kopf ist einfach zu abgelenkt und mein Herz zu sehr im Kummer versunken, sodass ich mich nicht auf meine Geschichten fokussieren und meiner Fantasie freien Lauf lassen kann. In meiner Fantasie ist es immer Dalton, den ich sehe.

Ich stelle mir vor, wie er nachts in meinem Schlafzimmer steht, sich auf mich stürzt und küsst. Wie er mich ans Bett fesselt und mir sagt, dass es ein Fehler war, mich fortzuschicken. Dass er mich nie mehr gehen lassen wird, während er tief in mich eindringt. Dass er wieder für mich töten würde, während seine Augen meine fixieren. Wild, entschlossen, zu allem bereit.

Verrückt, ich weiß.

Spät abends setze ich mich mit dem Hähnchenbaguette auf die Veranda und starre in die Ferne. Das Haus ist umgeben von Feldern, auf denen zum Teil Ackerpflanzen angebaut sind und deren anderer Teil zum Maisanbau dient. Immer wieder entdecke ich riesige Feldhasen darauf hoppeln. Direkt hinter den breitflächigen Feldern geht gerade die Sonne unter. Der Himmel verfärbt sich düster grau, doch ein leichter rosafarbener Schimmer lässt ihn nicht ganz so trostlos erscheinen. Auch ein verschwommener, kleiner Regenbogen ist hinter ein paar großen Wolken zu erkennen, da es heute Nachmittag wie aus Eimern geschüttet hat, die Sonne allerdings nie aufgehört hat, zu scheinen.

Schon nach der Hälfe des Baguettes habe ich

keinen Hunger mehr, und so sitze ich eine Ewigkeit lang bloß auf der Stufe der Veranda und sehe der Sonne dabei zu, wie sie untergeht. Als es dunkel und frischer wird, erhebe ich mich und gehe ins Haus. Ich schließe die Tür ab und spüre einen Stich in meiner Brust, als ich an Daltons Worte zurückdenke. Ich habe seine Stimme im Ohr, als stünde er unmittelbar neben mir.

Verriegele ab sofort die Türen und Fenster in deinem Haus, bevor noch jemand auf die Idee kommt, sich nachts Zutritt zu verschaffen und über dich herzufallen.

Wie sehr ich mir wünsche, dass er es wäre, der sich wieder unbefugt Zutritt verschafft und über mich herfällt.

Frustriert steige ich die Stufen nach oben, nehme eine heiße Dusche und lege mich danach auf die Matratze auf dem Boden meines Schlafzimmers. Ein Bett habe ich noch nicht, da dieses erst in zwei Wochen geliefert werden kann. Ich ziehe die Decke über meinen Körper und starre in der Dunkelheit auf das Regal, an dem die Lichterkette funkelt. Der Anblick der vielen kleinen Lichter beruhigt mich.

Aus einem Impuls heraus nehme ich mein Handy zur Hand und tue, was ich jeden Abend vor dem Schlafengehen tue: Ich google Petes Namen.

Und wie jeden Abend finde ich nichts zu seinem Verschwinden. Keine Vermisstenanzeige, die online geschaltet wurde, keine Zeitungsberichte und nichts über eine Polizeimitteilung oder dass sie auf der Suche nach ihm sind. Ich frage mich, ob Petes Verschwinden bei seinen Arbeitskollegen keine Verwirrung gestiftet hat. Immerhin können sie nichts von ihm gehört haben.

Dieser verdammte Psychopath. Es tut mir keine Sekunde lang leid um ihn. Ich bereue nicht, dass er tot ist. Oder ihn – hoffentlich – nie jemand finden und beerdigen wird. Wie sehr ich mich in ihm getäuscht habe, nagt furchtbar an mir.

Ich habe mir früher oft gedacht, dass irgendetwas mit ihm nicht stimmen kann, weil sein Verhalten ständig im Widerspruch zu seinen Worten stand, und seine Launen sehr sprunghaft und flatterhaft waren, aber niemals hätte ich gedacht, dass so viel Böses in ihm steckt. Dass er psychisch krank ist. Unwillkürlich frage ich mich, wie das mit uns ausgegangen wäre, wäre ich niemals nach Maragoo gefahren.

Vielleicht hätte er mich auch umbringen wollen, hätte ich schon in Denver mit ihm Schluss gemacht. Und dort hätte mich niemand im letzten Moment vor dem Tod durch seine Hände bewahrt.

Der Gedanke jagt einen kalten Schauer über meinen Rücken, und ich ziehe die Decke bis zum Hals hinauf, nachdem ich das Handy weggelegt habe.

Kaum schließe ich die Augen, fängt es plötzlich lautstark zu klingeln an. Ich zucke erschrocken zusammen und reiße es mit Herzrasen an mich. Beim

Blick auf das Display dreht sich mir sofort der Magen um.

Eine unbekannte Nummer.

Als mich zuletzt jemand anonym angerufen hat, war es Pete, während er kranke Psychospielchen mit mir spielte.

Was, wenn es die Polizei ist …? Oder einer seiner Kollegen, der vorhat, endlich zur Polizei zu gehen? Was, wenn der Albtraum jetzt erst richtig losgeht?

Mit zittrigen Fingern nehme ich den Anruf entgegen und halte mir das Handy stumm ans Ohr. Kein Wort verlässt meine Lippen, während ich lausche und warte, dass der Anrufer das Schweigen in der Leitung bricht.

Tut er jedoch nicht. Es bleibt gespenstisch still.

Mein Puls wandert in einen ungesund hohen Bereich, als ich mich aufsetze und mit dem Gedanken spiele, dass es Pete sein könnte, der mich anruft. Insgeheim weiß ich, wie lächerlich das ist, dennoch kann ich nicht bestreiten, ein Dèjá-vu zu erleben.

Für den Fall, dass es tatsächlich jemand ist, der sich bei mir nach ihm erkundigen will, frage ich schließlich möglichst ruhig: »Pete, bist du das? Ich versuche seit Tagen, dich zu erreichen …«

Das habe ich tatsächlich in dem Wissen getan, dass niemand meine Anrufe beantworten wird. Einfach, um nachweisen zu können, dass ich versucht habe, ihn zu kontaktieren, nachdem er aufgehört hat, mich zu terrorisieren. Falls mich die Polizei also irgendwann verhören sollte, werde ich behaupten, dass wir zwar Schluss gemacht haben, ich ihn jedoch trotzdem sprechen wollte, weil ich mir Sorgen um ihn gemacht habe, da er die Trennung nicht gut verkraftet hat. So schaffe ich auch einen möglichen Grund für sein plötzliches Verschwinden.

Er hat die Trennung nicht verkraftet und ist untergetaucht, hat sich irgendwo anders niedergelassen. Vielleicht, um etwas Zeit für sich zu haben oder ein neues Kapitel aufzuschlagen – so wie ich. Genau das wäre auch meine Ausrede für meinen Umzug nach Springville.

Ich habe mir alles zurechtgelegt. Jedes einzelne Wort, nur für den Fall der Fälle. Ich will vorbereitet sein, sollte morgen Früh die Polizei auf meiner Veranda stehen, um mich nach ihm zu befragen. Ich habe nicht vor, Dalton auch nur in irgendeiner Weise zu erwähnen.

Ich habe vor, wie gedruckt zu lügen.

Sie haben Petes Wagen in Maragoo gefunden? Ich habe ihn dort nie gesehen. Ich muss wohl schon ausgezogen und in Springville gewesen sein, als er mich besuchen wollte.

Die Leute sagen, ich hätte eine mögliche Affäre mit meinem Nachbarn gehabt? Ich habe mit dem Mann kaum drei Worte gewechselt. Er ist ein mürrischer, in sich gekehrter Kerl.

Petes Handy wurde zuletzt in der Nähe meines Hauses geortet? Im Wald zwischen dem Haus meines

Nachbarn und meinem? Merkwürdig. Er war bestimmt auf der Suche nach mir und wollte bei meinem Nachbarn nachfragen, ob er mich gesehen hat. Der öffnet für gewöhnlich aber nie seine Tür. Das weiß ich, weil ich mir zwei Mal Eier von ihm borgen wollte. Er ist wirklich unfreundlich, wissen Sie.

»Sara.«

Ich erstarre.

Mein Herz sackt mir in die Pyjamahose.

»Dalton?«, frage ich ungläubig. »Bist du das?« Natürlich ist er es. Seine Stimme würde ich immer und überall erkennen.

»Ja«, kommt es leise und rau zurück, und ich spüre, wie mein gesamter Körper mit einem Mal wie unter Strom steht. »Alles in Ordnung?«

»Ja«, schießt es hastig aus mir hervor. Ich kann nicht glauben, dass er mich anruft. »Und bei dir? Wo bist du?«

»Nicht mehr in Maragoo.« Mehr verrät er mir nicht.

»Woher hast du meine Nummer?«, will ich verwirrt wissen. Ich habe sie ihm nie gegeben.

»Von Mrs Pauls«, erzählt er mir. »Ich habe sie vor meiner Abreise aus ihrem Handy abfotografiert, als sie im Diner und abgelenkt war.«

Ein Lächeln stiehlt sich auf meine Lippen, während ich gleichzeitig unendlich traurig werde. Seine Stimme zu hören verschlimmert die Sehnsucht in mir, anstatt sie zu mildern.

»Ich wollte nur nachfragen, ob alles in Ordnung ist, und dir sagen, dass es wegen dieser Sache keinen Grund zur Panik gibt«, sagt er schließlich ruhig, klingt zufrieden dabei. »Ich habe mich ein bisschen erkundigt. Er hat seinen Job gekündigt, bevor er zu dir gefahren ist. Deswegen hört man kein Wort darüber. Das wird vermutlich noch lange so bleiben, zumal er keine Wohnung zur Miete bewohnt hat und somit niemandem die monatlichen Zahlungen fehlen werden. Also zerbrich dir nicht den Kopf.«

»Oh«, flüstere ich überrascht und atme erleichtert aus. Dass er sehr darauf achtet, sich vage auszudrücken, lässt darauf schließen, dass er dennoch vorsichtig sein will. Am Telefon über das, was geschehen ist, zu sprechen, wäre dumm und könnte fatal für uns beide sein.

Nun zu wissen, dass womöglich nie jemand nach ihm suchen wird, lässt Hoffnung in mir aufkeimen, dass wir tatsächlich damit davonkommen. Pete hat keine Familie, niemanden. Wie Dalton sagte, besitzt er eine Eigentumswohnung, wodurch ihn auch kein Vermieter vermissen wird, der auf seine monatliche Zahlung wartet. Wenn er seinen Job tatsächlich gekündigt hat, bevor er nach Maragoo kam, wird niemand von seiner Arbeit Verdacht schöpfen, wenn sie nie wieder etwas von ihm hören.

»Okay«, flüstere ich schließlich viel entspannter. »Geht es *dir* denn gut?«

»Ja.«

»Das ist … schön.«

»Ja«, sagt Dalton wieder rau. »Mach's gut, Sara.«

»Warte!« Ich drücke mir das Handy fester ans Ohr, als könnte ich dadurch Nähe zu ihm herstellen. »Leg nicht auf, Dalton. Ich … ich habe seit meiner Ankunft in Springville ständig an dich gedacht.«

Stille tritt ein.

»Ich weiß, dass das, was wir miteinander hatten, verrückt und abgefuckt war, aber ich vermisse es … Und ich will es wiederhaben«, gestehe ich ihm mit all dem Mut, den ich mühsam zusammenkratzen kann.

Keine Reaktion.

»Ich will dich sehen«, flüstere ich flehentlich. »Warum sagst du mir nicht, wo du jetzt bist? Ich könnte zu dir fahren, wenn auch nur für einen kurzen Besuch … Dagegen spricht doch nichts, oder?«

Ich höre ihn bloß atmen, schwer und unregelmäßig.

»Oder möchtest du mich nicht sehen?«, erkundige ich mich unsicher. »Ich denke, dass … dass es für uns beide leichter wäre, wenn wir beisammen wären, um gemeinsam zu verarbeiten, was in –«

»Nicht«, fällt er mir ermahnend ins Wort, und ich beiße mir schuldbewusst auf die Zunge. Ich sollte wohl auch darauf achten, was genau ich am Telefon sage. Nur für alle Fälle. »Ich lege jetzt auf, Sara. Schlaf gut.«

»Nein, Dalton, warte –«

Die Leitung wird unterbrochen. Ungläubig starre

ich auf das Display, während sich ein Kloß in meinem Hals bildet.

In dieser Nacht träume ich nicht von Pete, sondern von ihm. Nun sind es seine Hände, die mich würgen, weil ich mit dem Gedanken einschlafe, wie herzlos er mich am Telefon abgewürgt hat. Als hätte er mich nur aus Pflichtbewusstsein angerufen und nicht, weil er mich ebenfalls vermisst.

In den kommenden Tagen bin ich damit beschäftigt, den Rest des Hauses einzurichten und mir ein paar weitere Möbelstücke und neue Kleidung zuzulegen, weil mich die alte zu sehr an Vergangenes erinnert, während ich ständig auf mein Handy sehe und hoffe, dass ein anonymer Anruf eingeht.

Was kein einziges Mal passiert.

Irgendwann beschließe ich, mir das Haar zu färben, weil mich sogar die pinken Strähnen an Dalton und Maragoo erinnern. Also kaufe ich mir Bleichmittel und eine Tönung in der Farbe Aschblond und mache mich zu Hause angekommen direkt ans Werk. Während die Blondierung auf den pinken Strähnen einwirkt, setze ich mich an den Laptop und zwinge mich, zu schreiben. Bald merke ich jedoch, dass meine Schreibblockade immer noch anhält, und so klappe ich den Laptop frustriert stöhnend wieder zu.

Ich stampfe nach oben ins Badezimmer, wasche

mir das Mittel aus dem Haar und trage die Tönung auf. Als ich auch diese nach zwanzig Minuten ausgewaschen habe, starre ich die Frau im Spiegel skeptisch an.

Irgendwie nicht meine Farbe, aber was soll's.

Mit einem Kaffee in der Hand trete ich wenig später nach draußen, um mich wieder in meinen Gedanken und der Einsamkeit zu verlieren, während ich ziellos in die Ferne starre.

Und da entdecke ich es plötzlich.

Ein Kuvert auf der obersten Stufe der Veranda.

Mein Herz überschlägt sich in der Brust.

Ohne zu zögern gehe ich darauf zu, reiße es vom Boden an mich und öffne es mit vor Aufregung zittrigen Fingern. Ich fische den gefalteten Zettel heraus und spüre, wie mein Puls in die Höhe schnellt.

Willst du immer noch spielen, Sara?

Ja.

JAAA.

Mein Kopf fliegt nach oben, bevor ich ihn ruckartig in jede Richtung drehe.

Und dann entdecke ich den Verfasser dieser wenigen Worte, die mich unwillkürlich an alles Aufregende erinnern, das ich mit diesem erlebt habe. An all die Dinge, wegen derer ich mich so frei und lebendig gefühlt habe. An alles, was ich so schmerzlich vermisse und wiederhaben will.

»Hallo, süße Sara«, stößt Dalton so gelassen hervor, als hätten die letzten beiden Wochen Funkstille – mit kurzer Unterbrechung – nie stattgefunden.

Er lehnt an meinem Auto, das ich rechts vor dem Gartenschuppen geparkt habe, die Füße übereinander gekreuzt und die kräftigen Arme vor der Brust verschränkt. In seinen lässigen Klamotten bestehend aus aufgekrempeltem und offenem Hemd, einem weißen Tanktop darunter und den tiefsitzenden ausgewaschenen Jeans sieht er gut aus wie eh und je. Seine Augen sind noch genauso ozeanblau und fesselnd, wie ich sie in Erinnerung habe.

Sofort zieht sich bei seinem Anblick alles in mir verlangend zusammen.

»Hi«, kommt es mir krächzend über die Lippen. Als er sich vom Wagen abstößt und mit entschlossenen Schritten auf mich zumarschiert, springt mir das Herz fast aus der Brust. »Du … du bist hier«, entfährt es mir ungläubig, als er dicht vor mir auf den Stufen stehen bleibt. Dennoch überragt er mich immer noch um ein gutes Stück.

Er blickt mit einem Funkeln in den Augen auf mich herab und mustert mein Gesicht so innig, dass ich es kaum wage, zu atmen. »Ich bin hier.«

»Warum?«, will ich durcheinander wissen. Am Telefon hat er mir unmissverständlich signalisiert, dass wir uns nicht wiedersehen werden.

Ein Lächeln bildet sich auf seinen sinnlich vollen Lippen, die wie immer von dichtem Bartwuchs umgeben sind. »Weil du bestimmt Inspiration für neue Geschichten brauchst, und ich beschlossen habe, dass es mir gefallen hat, die Hauptrolle in deinen Büchern zu spielen.«

Mein Herz macht einen Satz, und ich beiße mir auf die Unterlippe.

Er macht einen Schritt auf mich zu und drängt mich so nach hinten in Richtung der offenen Haustür. »Vorausgesetzt, du übernimmst den Part der anderen Hauptfigur.«

»Hm …«, mache ich gespielt nachdenklich, während er mich immer weiter nach hinten drängt, bis wir in meinem Wohnzimmer stehen. »Für gewöhnlich aber kennen sich meine Protagonisten sehr gut … Sie lernen sich zumindest richtig kennen, früher oder später.«

»Das ist wohl machbar«, erwidert er rau. Mit dem Fuß tritt er die Haustür hinter sich zu. »Früher oder später.«

Ich schlucke belegt. Meine Knie sind plötzlich ganz weich und mein Körper strahlt eine unnatürliche Hitze aus. Alles in mir schreit nach ihm, doch das Bedürfnis, zu klären, was genau sein Besuch tatsächlich zu bedeuten hat, ist lauter.

Also frage ich mutig: »Warum hast du mich letztens am Telefon abgewürgt, nachdem ich dir gesagt habe, dass ich dich vermisse und sehen möchte?«

In Daltons Miene flackert etwas Dunkles, Schuldbewusstes auf. »Weil ich nicht damit umzugehen wusste.«

»Und jetzt weißt du es?«

»Ich denke schon«, sagt er. »Sonst wäre ich nicht hier.«

Als ich ihn bloß anstarre, lässt er seinen Blick über meinen Körper gleiten und all das Dunkle verschwindet aus seiner Miene. Stattdessen wird sie von heißer Sehnsucht und Begierde überschattet. »Zieh dich aus.« Während er mir das befiehlt, reißt er sich schon das Hemd vom Körper und schleudert es achtlos zu Boden. Weil ich mich nicht rühre, hebt er eine Augenbraue. »Zwei Wochen lang habe ich nur daran gedacht, wie es ist, dich zu ficken, also lass mich nicht länger warten, Sara.« Als ich erneut zögere, fügt er mit einem schmutzigen Lächeln hinzu: »Oder erhoffst du dir, dass ich dir erst den Hintern versohle? Ich werde dich noch oft ein bisschen leiden lassen, keine Sorge.«

»Ich habe meine Schulden bei dir beglichen«, erinnere ich ihn in dem Versuch, ihm etwas Aussagekräftigeres zu entlocken, das mir mehr über seine Gedanken und Gefühle verrät. Zurzeit teilt er mir bloß mit, dass er sich nach dem Sex mit mir sehnt. Das reicht mir nicht, auch wenn ich förmlich vor Verlangen nach ihm durchdrehe. »Die restlichen zehn Stunden deines Gewinns hast du bereits bekommen. Ich schulde dir keine weiteren.«

Dalton spannt sich merklich an. Sein Kinn wird hart und arbeitet, während er mich lange nur betrachtet, bevor er mit schweren Schritten auf mich zukommt, mich mit dem Rücken gegen die Wand hinter mir drängt und seine Hand neben meinem Kopf darauf abstützt. Ich keuche auf, als ich seine Erektion an meinem Bauch spüre, während er seinen kräftigen Körper an meinen presst. Zwischen meinen Schenkeln pocht es augenblicklich sehnsüchtig.

Seine blauen Augen starren tief und ohne zu blinzeln in meine, wirken aufrichtig und entschlossener denn je, als er vor meinem Gesicht raunt: »Ich will keine begrenzte Anzahl an Stunden mit dir, Sara. Ich will sie alle.«

Mein Herz dreht durch, und mein Körper beginnt vor maßloser Freude zu zittern.

»Wenn du sie mir schenkst«, fügt er leise hinzu, dabei streifen seine Lippen hauchzart über meine.

Ich keuche wieder leise und nicke heftig, bevor ich eine Hand in sein Tanktop kralle und ihn noch näher an mich ziehe. »Du kannst sie haben. Jede einzelne Stunde meines Lebens.«

Sein rechter Mundwinkel hebt sich zu einem schiefen Lächeln. »Du wirst diese Worte spätestens heute Nacht bereuen, wenn ich dich wieder und wieder ficke, weil ich einfach nicht genug von dir bekommen kann.«

Die Vorstellung macht mich so dermaßen an, dass ich spüre, wie meine Lust mein Höschen durchtränkt. Ich greife an seinen Nacken, lächele und raune herausfordernd an seinen Lippen: »Genau dann werde ich mir denken, dass es die absolut beste Entscheidung meines Lebens war.«

Nun hebt sich auch sein anderer Mundwinkel, bevor er seine Lippen hungrig auf meine presst. Sein Kuss verschlingt mich, und ich kralle mich wimmernd an ihm fest, während ich ihn genauso leidenschaftlich erwidere.

»In meiner Vorstellung bist du wieder nachts in mein Haus eingebrochen und über mich hergefallen«, erzähle ich ihm atemlos, als er sich kurz von mir löst. »Dich bei Tageslicht an meinem Auto lehnen zu sehen, hat mich vermutlich mehr schockiert als das.«

Sein Blick wird ernst, obwohl meine Worte neckisch sind. »Nach allem, was passiert ist, wollte ich nicht riskieren, dich in Angst zu versetzen, wenn ich mitten in der Nacht neben deinem Bett stehe und dir den Mund zuhalte.«

Das berührt mich tatsächlich sehr.

»Wir können unsere Spielchen immer weiterspielen, aber nur, solange wir beide Spaß daran haben und wissen, dass es bloß ein Spiel ist.«

»Und was passiert, wenn wir aufhören, zu spielen? Wenn du kein Einbrecher bist, der nachts über mich herfällt, oder ein Verrückter, der mich durch einen Wald verfolgt und mir dort den Hintern versohlt?«

Dalton blickt innig auf mich herab, als er erwidert: »Dann sind wir eben ... ganz normal.«

In meinem Bauch flattert es. »Du meinst, ein ganz normales Paar?«

»Ja.« Sein Blick wird nachdenklich, wirkt aber nicht unsicher. »Ein ganz normales Paar.«

Ich lächele. Mein Körper wird überflutet von Glücksgefühlen, und so bringe ich kein Wort über die Lippen.

»Diese Sache mit Pete«, stößt er unvermittelt hervor. »Ich denke, dass wir nichts zu befürchten haben. Niemand sucht nach ihm, und niemand wird ihn je finden. Und falls doch, werden wir vorbereitet sein.«

Ich nicke schwach. »Ich vertraue dir.«

Die Worte lassen seine Gesichtszüge ganz weich und sanft werden. »Das kannst du auch. Ich habe immer alles im Griff.« Er unterbricht sich kurz. »Und werde nicht noch einmal den Fehler machen, nicht auf die Frau in meinem Leben aufzupassen.«

»Dalton …« Ich schlucke und lege meine Hand an seine bärtige Wange, streichele sanft darüber. Im Gegensatz zu früher entzieht er sich der Berührung nicht. »Ist das der Grund gewesen, warum du erst wolltest, dass wir uns nicht wiedersehen?«

»Unter anderem«, erwidert er rau. »Ich war mir nicht sicher, ob ich je wieder dazu imstande bin, eine Frau in mein Leben zu lassen. Richtig in mein Leben zu lassen. Aber in den letzten zwei Wochen habe ich immer mehr daran gezweifelt, ob ich dazu imstande bin, dich aus meinem Leben zu streichen. Du hast mich … verändert. Du hast den alten Dalton wieder zum Leben erweckt. Den, der mit meiner Frau gestorben ist.«

»Ich freue mich darauf, ihn richtig kennenzulernen«, flüstere ich sanft.

»Du solltest eines über ihn wissen«, raunt er, bevor er seine Lippen auf meine drückt. »Er ist nicht nur im Bett der Beste.«

Ich lache an seinem Mund.

»Er kann auch ein netter, anständiger Kerl sein. Ein guter Freund und Ehemann«, sagt er mit einem verschmitzten Lächeln, das kurzzeitig von Erinnerungen überschattet wird. Doch seine Augen funkeln und wirken nicht, als wäre er frustriert oder traurig aufgrund seiner Vergangenheit, seiner verstorbenen Frau. Sie wirken stattdessen offen und warm.

»Du musst nie wieder ein Ehemann sein, Dalton«, sage ich sanft. »Das würde ich nie von dir verlangen, und ich brauche diese Art von Romantik nicht … Dieses Offizielle. Es reicht mir, wenn du hier bist.« Ich lächele und greife an den Reißverschluss meines Sweaters, um ihn langsam zu öffnen. »Bei mir.«

Dalton folgt meinen Bewegungen mit den Augen, als ich meine Kleidung ablege, bis ich nackt und willig vor ihm stehe. Meine Brustwarzen sind verhärtet und all die Härchen auf meinem Körper aufgestellt und das allein seines heißen, gierigen Blickes wegen. Dieser Mann schafft es mit einem einzigen Blick, mich zu erregen.

»Und wenn du mich täglich so oft und ausgiebig

vögelst, dass ich mich nie wieder so ausgehungert fühle wie in den letzten zwei Wochen«, füge ich mit gesenkter Stimme hinzu und drücke mich ihm auffordernd entgegen.

Seine große, schwielige Hand legt sich um meine Brust, streichelt erst sanft darüber und packt dann fest zu. Ich keuche auf.

»Schade«, flüstert er.

»Was?«, wispere ich.

»Ich finde einfach keinen Grund, dir den Hintern zu versohlen.«

Ich grinse. »Das lässt sich ändern.«

»Muss es nicht«, presst er entschieden hervor und spreizt mit seinem Knie grob meine Beine, bevor er an seine Gürtelschnalle greift und seine Hose öffnet. »Ich halte es ohnehin keine Sekunde länger aus, nicht in dir zu sein.«

Und in der nächsten Sekunde ist er das auch schon, nachdem er mich hochgehoben und gegen die Wand gedrückt hat.

Obwohl er mich so grob und wild gegen die Wand vögelt, dass ich tatsächlich befürchte, sie könnte umstürzen, hat sich nichts je intimer zwischen uns angefühlt. Es liegt an der Art, wie er mich dabei ansieht, an der Art, wie er mich immer wieder währenddessen küsst.

Und an den Worten, die er mir atemlos ins Ohr flüstert, bevor er mit einem Stöhnen tief in mir ejakuliert, nachdem ich mich schreiend um ihn herum zusammengezogen habe.

»Vielleicht hattest du recht mit dem, was du über Plastik gesagt hast. Es ist nicht unempfindlich. Denn es fühlt sich nicht so an, als wäre es bloß mein Schwanz, der sich in dich verliebt hat.«

Schwer atmend schlinge ich die Arme um ihn und schließe flatternd die Augen. Seine Worte bohren sich direkt in mein Herz und verankern sich auf ewig dort. Ein träges Lächeln geprägt von einem heißen Gefühl der Glückseligkeit bildet sich auf meinen Lippen, bevor ich murmele: »Ich hoffe aber doch, dass du deswegen nicht wieder irgendjemanden für mich killst, Liebling.«

Ich rechne damit, dass er lachen oder grinsen wird, doch stattdessen ist sein Blick ernst und ohne jedes Anzeichen von Amüsement, als er den Kopf zurückzieht und mir in die Augen starrt. »Wenn nötig, werde ich das tun. Immer und immer wieder.«

Ich lächele. »Irgendwie habe ich gehofft, dass du das sagst.«

Danksagung

Mein größter Dank gilt wie immer meinen treuen und geduldigen Lesern und Leserinnen, die mich und meine Arbeit unterstützen und mir jedes Mal aufs Neue mit all ihren wertschätzenden Worten eine riesige Portion Motivation mit auf den Weg geben. Danke, dass ich meine Leidenschaft mit euch teilen darf. Hoffentlich für immer.

Wie ihr wisst, war es in den letzten Monaten ungewöhnlich ruhig um mich. Das Jahr 2021 ist wohl bereits jetzt das prägendste Jahr meines Lebens, und ich habe die Zeit gebraucht, um es wieder in geordnete - und neue - Bahnen zu lenken, nachdem ich einige große Veränderungen durchlebt habe. Es war eine Art Selbstfindungstrip für mich, der nicht nur meiner Seele, sondern auch meiner Gesundheit wahnsinnig gutgetan hat.

Nun befinde ich mich in meinem neuen Heim, das ich fortan ganz für mich allein habe, sitze in meinem lang ersehnten Büro alias Bücherzimmer alias Raum-voller-Liebe, in dem es Platz für hunderte Roxxi-Bücher gibt, und kann mit klarem Kopf weiter an meinen Geschichten arbeiten, während ich nebenbei meine eigene ganz neu schreibe (im übertragenen Sinn :))

Also, meine Lieben, ich bedanke mich noch einmal herzlich für eure Treue und Geduld <3

Außerdem möchte ich meinen lieben Kolleginnen Raven T. Winter und D. S. Rookie danken. Dafür, dass sie mir privat wie beruflich eine verlässliche Stütze sind.

Ohne dich wären die letzten Monate eine noch viel holprigere Reise gewesen, liebe Ravi, und ich danke dir von Herzen, dass du bei jedem Hoch und Tief an meiner Seite warst. *13 Stunden* – mehr muss ich dazu nicht sagen.

Rookie, auch du hast viel dazu beigetragen, dass ich nun an einem Punkt stehe, an dem ich mich wohler, freier und ausgeglichener fühle. Danke dafür, dass du mich in meinen Entscheidungen bestärkt und daran erinnert hast, dass man das Leben *leben* muss, solange man es kann.

Liebste Sabrina, dir möchte ich auch danken. Es ist toll, jemanden wie dich zu haben, der immer in den Startlöchern steht, sobald ich ein Manuskript beendet habe und eine ehrliche Meinung dazu brauche. Auf deine Adleraugen ist immer Verlass. Ich kann Ende August gar nicht mehr erwarten.